JN176039

ウィリアム・トレヴァー・コレクション

恋と夏

Love and Summer

ウィリアム・トレヴァー

谷垣暁美【訳】

国書刊行会

ジェーンへ

恋と夏

LOVE AND SUMMER
by
William Trevor
Copyright© William Trevor, 2009
Japanese translation rights arranged with William Trevor
c/o Johnson & Alcock Ltd.
acting in conjunction with Intercontinental Literary Agency Ltd., London
through Tuttle-Mori Agency,Inc., Tokyo

1

前世紀の半ばから幾ばくの年月が過ぎた頃のことだ。ある六月の夕暮れ、ミセス・アイリーン・コナルティーはラスモイの町の中を通っていった。広場四番の館からマゲニス通りへ、そしてハーリー横丁にはいり、アイルランド通りを進み、クラジョーダン街を横切って、至聖贖罪《レデンプ》主修道会《トール》の教会に到着した。そして一晩じゅう、そこにとどまった。

終えられたばかりのその人生は、良き行ないとたゆみない努力の一生で、家庭内や家族についてはいささかつらいものがあった。個人的な満足感が得られる人生を期待し、遠い昔、結婚することや子どもをふたり産むことを受け入れたのはそのためだったが、期待は裏切られた。夫と娘に失望させられたからだ。死が近づくにつれて、夫と再会しなくてはならないのではと恐れ、そうしなくてすむようにと祈った。娘については、さよならできるのが嬉しかった。だが、息子は――もう五十だが、生まれたばかりのとき抱いてからずっと愛しさの変わらない息子だけは、あとに残していくのがつらくて、ミセス・コナルティーは泣いた。

棺が通り過ぎるとすぐに、下ろされていた家々の目隠しが上がった。閉じていた店も営業を再開した。帽子を脱いでいた男たちはそれを頭に戻した。外で遊ぶのを止められていた子どもたちがハーリー横丁に出てきた。葬儀屋たちが教会の階段を下った。明日のミサには司教が来るだろう。最後の最後になって、ミセス・コナルティーはようやく見返りを受ける。

噂では、ミセス・コナルティーの婚家はラスモイの半分を所有しているということだった。人々にそういう印象を与える元になったのは、酒類販売許可のあるマゲニス通りの店とセント・マシュー通りの石炭貯蔵所、そして「広場四番」の名で呼ばれる下宿屋だった。コナルティー一族がこの下宿屋を始めたのは一九〇三年だ。彼らはその後の数十年の間に、町のほかの不動産を取得しては、修理や全体的な化粧直しを施して、手頃な家賃で貸した。そのおかげで全部まとめると、かなりの収入になる。とはいえ、コナルティー一族がラスモイの半分をもっているというのは言い過ぎだった。

ラスモイは小ぢんまりしたごく普通の町で、丘陵地帯に囲まれた窪地の中にあった。どうしてそこに町ができたのかは誰も知らないし、考えもしない。毎月第一月曜日、農民たちは家畜を運びこむ。そして、ラスモイにふたつある銀行のどちらかで金を借りる。広場に面した診療所をもつ歯科医に歯を抜いてもらい、ときには、同じく広場の事務弁護士に相談に乗ってもらう。ニーナ街道のデス・デヴリンの店で農業機械を見て、種子を商うヘファーナンと取引をして、たくさんあるパブのひとつで酒を飲む。妻たちは食料品や日用雑貨を買う。ふつうは〈キャッシュ・アンド・キャリー〉の倉庫のような建物の棚からだが、気持ちにゆとりがあるときには、マガヴァンの店で買う。靴はタイラー靴店、服やカーテン生地や油引き布はコーバリー生地店で。かつては水車小屋に働き口があった。そして、アードナクラシャに巨大発電所ができるまでは、水車の発電所に働き口があった。今、仕事があるのは、バター・チーズ製造所と練乳缶詰工場、建築業者の作業場、商店やパブ、ミネラルウォーターの瓶詰工場ぐらいだ。広場には裁判所がある。水車通りの行き止まりには、もはや使われていない駅がある。教会がふたつに、女子修道院がひとつ。キリスト教修士会《クリスチャン・ブラザーズ》の学校がひとつ、実業中等学校がひとつ。水泳プール建設の計画はあるが資金はまだ確保されていない。

　ラスモイでは何も起こらない、と住民は言う。それでも、彼らのほとんどはここに住み続ける。立ち去るのは若者たちだ――ダブリンやコークやリムリック目指して、イングランド目指して、人によってはアメリカを目指して。戻ってくる者も大勢いる。何も起こらない、というのは言い過ぎだろう。

　葬儀ミサは翌日の朝で、それが終わると、会葬者たちは墓地の門の外に固まって、この町でも町の周辺でも、ミセス・コナルティーのことはずっと記憶に残るだろうと言い合った。教会の仕事を一緒にやっていた女たちは、あの方こそ、自分たちみんなにとって良いお手本だった、と熱をこめて語った。どんなつまらない仕事も厭わなかったし、真鍮を磨いたり、垂れて固まった蠟をこそぎ落としたりするのに何時間かかっても不平をもらさなかった、と女たちはふり返った。あの方がいらした六十年の間、祭壇の花活けの水が減っていたり、古くなっていたりしたことは一度もなかったし、伝道ちらしは常に最新のものに差し替えられていた。祭服には小さな補修がまめに施されたし、教会堂の内陣を拭き清めるのは、怠ることなど考えられない聖なる務めだった。

そのような思い出話がくりひろげられ、終わったばかりの人生にさらなる称賛が添えられている傍らで、汗ばむような朝には不似合いな薄色のツイードの上下に身を包んだ若い男がこそこそと写真を撮って回っていた。この男は自分の住まいから十二キロの距離を自転車でやってきたところで、葬儀の一行にぶつかったのだった。彼がこの町に来たのは、焼け落ちた映画館を撮影するためだった。その映画館のことは、最近、同じような小さな町に、地滑りで土台がずれて危険な状態になっている長屋式住宅《テラスハウス》を撮りに行ったときに耳にした。

黒っぽい色の髪をして、痩せた体つきの二十代前半のこの男は、ラスモイでは見慣れぬ顔だった。彼の物腰や青と緑の縞の粋なネクタイが与える垢抜けた感じは、着易そうなぶかぶかのスーツの雑駁さと大きく食い違っている。生まれつきの造作からいかにも真面目そうに見える面立《おもだ》ちが、ちぐはぐな印象をさらに強めていた。この若者の名はフロリアン・キルデリーという。

「どなたのお葬式ですか？」写真を撮るために駐車中の車の後ろにいた彼は、人だまりに戻って尋ねた。教えてもらうとうなずき、次いで映画館の焼け跡への道順を訊いた。「ありがとう。助かります」彼はにこやかに微笑んで丁寧に礼を言った。そして自転車を引き、参列者たちの間を抜けていった。

ミセス・コナルティーの息子も娘も、このようなやり方で葬儀参列者たちの姿が記録されたことに気づかなかった。別々に広場四番に戻ったときも、この普通でない出来事について知らないままだった。やがて人々は散り散りになった。葬儀後の集いに加わろうと広場四番の館に向かった人も多かったし、葬儀の前にやっていたことをするために戻っていった人たちもいた。最後までその場に留まっていたのはオープン・レンという名のプロテスタントの老人だった。彼は、埋葬された棺に入っていたのは、彼がよく知っていた家庭で三十四年前に死んだ、ある年配の台所女中の遺骸だと信じていた。彼の周りで盛んに聞こえていた敬意のこもった呟き声がだんだん少なくなり、やがて消えた。自動車が次々に走り去った。ひとり残され佇んでいたオープン・レンも、しばらくすると立ち去った。

＊

自転車に乗って町から出ようとしていたエリーは、写真を撮っていたあの男の人はどういう人なのか、といぶかしんだ。以前あった映画館について尋ねたときのようすから考えて、ラスモイの町にまったく不案内なのは明らかだし、通りや店で見かけたことのない顔だった。もしかしたら、コナルティー家にゆかりのある人なのだろうか。映画館はコナルティー家の持ち物だったし、それより何より、ミセス・コナルティーのお葬式なのだから。エリーは葬式で写真を撮っているのをそれまで見たことがなかった。コナルティー家が人を雇って写真を撮らせたのかもしれないと思った。それとも、あの人は〈ニーナ・ニューズ〉や〈ナショナリスト〉のような新聞社から派遣されたのだろうか。新聞にはときどき葬儀の写真が載る。葬儀のあと、みんなと一緒に館に行っていたら、ミス・コナルティーに尋ねることができただろう。だが、人工授精技師が来ることになっていた。在宅していると伝えてあるのだ。

まず遅れることはないだろうと、エリーは思ったが、念のためにペダルを漕ぐ足を速めた。館に行けなかったのが残念だった。ミセス・コナルティーに卵を届けはじめて随分になるのに、まだ見たことのない館の中が見たかった。

神父様たちが写真をほしがったのかもしれない。バルフ神父様が小教区の記録をつくっているのかもしれない。昔、シスター・クレアから聞いた話では、司祭がそういう記録をつくることがあるらしい。でも、そういう仕事は、バルフ神父様よりミラン神父様のほうに似つかわしい気がする。司祭がつくる記録の中身がどういうものかは見当もつかないけれど。わたし自身も写真に写りこんでいるかしら、とエリーは考えた。写真を写すためにカメラを構えた両手が、ほっそりと弱々しく見えたことを思い出した。

白いバンが家の前にとまっていて、ミスター・ブレノックが中から出てきた。エリーが謝ると、いいえ、とんでもないです、と答えた。今、お茶をいれますね、とエリーは言った。

＊

映画館の廃墟で数分だけ過ごしたのち、フロリアン・キルデリーは〈ダノ・マーニー〉という名の路傍のパブの前で自転車をとめ、店内に入った。彼は映画館跡で男にとがめられた。その男はフロリアンの自転車に気づいて、立ち入り禁止だと告げるために敷地の中に入ってきたのだった。掲示が出ているじゃないかと男は言い、フロリアンは目に入らなかったと言い訳した。ほんとうは気がついていたのだが。「許可を取る必要がある」と男は渋い顔で言い、この場所を守るふたつの南京錠をかちりと閉めながら、ちゃんと施錠しておかなかったこっちも悪い、と認めた。そして「石炭貯蔵所に行ってミス・オキーフに頼むといい。差し支えないと思ったら、許可を出してくれるだろう」と助言した。だが、石炭貯蔵所はどこにあるのかとフロリアンが訊くと、哀悼の意を表してきょうは休みだ、という返事だった。「町で葬式をやっていただろう」と、男は言った。

フロリアンはワイングラスをもって店の隅に行き、煙草に火をつけた。きょうはとんだ無駄足だった。唯一の収穫は、思いがけなく葬式に出会ったこと。彼は記憶をたどり、自分がとらえた映像を思い出そうとした。参列者たちが二、三人ずつ立ち止まって会話を交わしていた。その中には司祭の姿もあった。修道女たちも数人いた。立ち去ろうとしている人は少なく、まだいなくてはならないと思っているかのように所在なげに突っ立っている人もいた。こういう情景にはなじみがあった。彼は前にも葬儀の写真を撮ったことがあり、撮るのをやめてくれと言われたことも一、二度あった。劇的な瞬間や抑えられない悲しみの吐露を目にしたこともある。だが、きょうはそのいずれもなかった。

とはいえ、映画館跡でかろうじて見ることができたものは、一層彼の期待をそそった。砕かれたガラス窓越しに、一枚のポスターが今も『愚者の喜び』を宣伝しつづけていた。ポスターのノーマ・シアラーの顔の部分は傷だらけで、汚れていたけれども。彼女の目鼻立ちを注意深く見つめていたら、あの男に怒鳴りつけられたのだが、フロリアンは意に介さなかった。この映画館がコロシアムと呼ばれていたこと、そしてウェスタンエレクトリック社のサウンドシステムが導入されたばかりだったことを、フロリアンは知った。

ベーコンの焼けるにおいが漂ってきた。ラジオの声も流れてきた。スポーツ界のスターたち――レスラーやボクサー、騎手や野球の投手たちが、グレイハウンドや障害物競馬の馬たちとともに壁を飾っている。額に入った新聞記事からは、パブの主人自身が元はボクサーで、ジャック・ドイルと戦って五ラウンドまで行ったということがわかる。そのときに使ったグローブがカウンターの後ろに掛かっている。「お代わりがいるときは、カウンターを叩いとくれ」食事ができたと女に呼ばれた主人は、ひっこむ前にそう言った。だが、フロリアンは一杯で十分だと答えた。彼はその席にしばらく留まって、二本目の煙草を吸い終えた。それから空になったグラスをカウンターに運んだ。奥から挨拶の声がかかり、またどうぞと誘った。彼はああ、また来ます、と答えた。

外に出ると、午後の日射しが熱かった。彼は目を半ば閉じ、入り口の柱にもたれて、少しの間、じっとしていた。それから、自転車をゆっくりと漕いで家路をたどった。ひとり暮らしだ。急ぐには及ばない。

*

時計の針が進むとともに、死によって中断されていた細やかな日常がラスモイに戻った。百人近い人々が葬儀後の軽い飲食のもてなしを受けた広場四番の館も、きちんと片づけられた。カップと受け皿を載せた盆が二階の広々とした居間から階下の厨房に戻された。あちこちに散らばったグラスが集められて、窓は開け放され、灰皿もきれいになった。廊下に掃除機がかけられ、布巾が干され、通いの女中が帰る頃にはもう暗くなっていた。

ようやく館にひとりきりになったミセス・コナルティーの娘は、自分のものになった宝飾品をいじっていた。ラピスラズリと翡翠の首飾り、ガーネットとオパールの首飾り、サファイアのイアリング、トルコ石の首飾り、真珠の首飾り、オパールの首飾り、ルビーの婚約指輪、ダイアモンドをちりばめた輪型のイアリング、そしてカメオが三つ。ロザリオも一連あるが、ここにまじっているのはふさわしくない感じだ。宝飾品と比べると価値はないようなものだから。

中年の今、ミス・コナルティーはラスモイの町でミス・コナルティーとしてしか知られず、それ以外の親しみをこめた呼称で呼ばれることはなかった。生まれたときに与えられた聖女たちの名で彼女を呼ぶのを母親がやめた二十年前から、彼女はこの堅苦しさを背負わされてきた。弟も無意識のうちに、母の手本に従った。父親が死んだとき、彼女は家庭内で名無しになった。今では、町の中でも「ミス・コナルティー」という呼び方が、かつて呼ばれていた呼び方以上に彼女に似つかわしくなっていた。

数えてみると三十二点あった。すべて見慣れたものばかりだ。わたしは母がそうしたように、これらを身に着けるだろう。しばしば身に着けることになるだろう。その考えは感情を伴わず、ひんやりと心に浮かんだ。似合いそうなのもあれば、似合いそうにないのもある。「おまえ、そこで何をしているの?」遠い昔、今いるのと同じこの部屋で母が鋭く問いただした。不意打ちだった。スリッパを履いた母の足は音もなく近づいてきたのだ。ガーネットの首飾りが子どもの細い首から垂れていた。指で留め金を押さえているだけで、とめてはいなかった。首飾りは鏡台に落ち、音を立てた。ミセス・コナルティーは丈高く肉厚な体をそびやかして、警察に来てもらうと宣言した。

「警察には言わないで! お願いだから、そんなことしないで!」子ども時代の自分の叫びが、時を超えてミス・コナルティーの耳に聞こえてきた。氷のような恐怖がみぞおちによみがえった。「キティー、お巡りさんを呼んできてちょうだい」母は階段の上から、下で困惑している女中に向かって叫ぶと、ふり返って、ガーネットの首飾りを元に戻しなさいと言った。それから、宝飾品がひとつも欠けていないことを確認した。警官が玄関ホールに姿を現すと、何をしたかお話ししなさい、と母は命じた。言われたとおりにすると、警官はこちらの顔に目をすえて首をふった。

　母親ほど身長がなく、肉厚どころではないミス・コナルティーには、若い頃の彼女を際立たせていた可憐さの名残がある。金髪に灰色の髪がまじって色調をくすませているものの、顔立ちに老いを刻む皺は見当たらない。それでもやはり、年をとったと感じることはしばしばある。中年期に達し、さらにそれを過ぎようとしている今、得られたかもしれないのに得損なったものがあまりにもたくさんあることを思うと、苛立たずにはいられない。ミス・コナルティーは、かつて母のものであり、今は自分のものになった鏡台の一番上の引き出しに宝飾品を戻した。そしてひとつだけ残したガーネットの首飾りを、喪中にふさわしい服のくすんだ茶の生地に重ねて見とれた。

*

ジョゼフ・ポール・コナルティーはイタチのような顔つきの痩せぎすな男だ。オールバックにした灰色の頭は、ヘアクリームをまめに塗りつけるので、よく光っている。平打ち紐で首から下げた眼鏡が、スーツの黒っぽいサージ生地の上にとまっている。上着の胸ポケットにはボールペンが二本。左のラペルの絶対禁酒者連合《パイオニア・アソシエーション》の記章が目立つ。

　土で覆われたばかりの墓の傍らでひとりだけの時間を過ごすために再び墓地を訪れたあと、彼はやるせない気持ちに駆られて石炭貯蔵所にやってきた。倉庫は施錠されていて、事務所のドアに貼り紙があった。自分の名の書かれた布袋が貨物トラックに積み上げられ、出荷を待っている。ここにいると、彼は気持ちが安らいだ。生まれたときから見知っている石炭屑の山、今はもう馬がいない厩舎、波型鉄板を張りつけた高い門。鉄板の赤いペンキはところどころ剝げている。子どもの頃はここでよく遊んだものだ。一方、一家の経営するパブに入ることは許されなかった。一日の大半をパブで過ごしている今でさえ、絶対禁酒を実践する彼にとって、パブは居心地の悪い場所だ。彼の願いは司祭になることだった。だが、その使命はいつしか彼の手から滑り落ち、彼の宗教者としての成功を危ぶむ母の不安に押しつぶされて消えた。母の不安が彼自身の不安と化したのだ。

彼はそこを出るときに門に施錠した。そして広場四番の館への道をのろのろとたどった。自分のパブの前を通り過ぎた。ここも閉まっている。いつもなら音楽やざわめきが通りに漏れているが、きょうはしんとしていて、ありがたい。館の中に入っても、やはり静まり返っていた。独身の彼が食事をとり、眠るのは、生まれた時からずっと暮らしているこの館だ。

「記念庭園をつくったらどうかという話があったよ」彼は二階に上がったところで出くわした姉に伝えた。

ふたりは、二、三分しか間を置かずに生まれた双子の姉弟で、単なるきょうだい以上の間柄だが、生まれたときから今に至るまで、お互いに似ていた時期がまったくなかった。子どもの頃はいつも一緒にいた。けれども今は、ろくに話さないで何週間も過ぎることがしばしばある。もっとも、それは仲が悪いからというよりは、取り立てて話すことがないからだった。

「この町での母さんの立場を考えるとね」どうして記念庭園が必要なのかという姉の問いに答えて、ジョゼフ・ポールは話を続けた。「教会との関係っていうかさ。ほら、献金もたくさんしたし」

彼は町を歩いていたときに、故人を偲ぶ手だてについてほかの提案も受けていたが、姉には話さなかった。姉にとって記念庭園よりも受け入れやすそうな案はひとつもなかったからだ。彼自身、記念庭園の案が気に入ってもいた。それで、ほかの案には触れず、「母さんの生き方にふさわしいんじゃないかな」とだけ言った。

石炭貯蔵所やパブとは違って、広場四番の館は二世代の経営者のやり方を反映する変化を経ていた。もともとは定住者に対して三度の食事を供していたのが、商用の旅行者のための短期宿泊所に変わったのだ。コナルティー家の今の世代も、銀行や商店に勤めている下宿人たちが昼食をとりに戻ってきて食堂に集《つど》ったこと、夜には同じ新聞を回し読みし、石炭の暖炉の同じ火を囲んだことを、それらの人々の面影とともに微かながら覚えている。道路測量技師のマクナマラ、職長のフィー、女子修道院付属学校の平信徒教師のミス・ニーリー、そしてそのときどきにいたほかの人たち。みんな、結婚や昇進によって生活が変わるまで、長く館に住んでいた。ひとりひとりに専用のナプキンリングがあった。ミス・ニーリーは鉄剤を服用し、マクナマラはスタウトを飲んだ。これらは別勘定だった。今では、広場四番に定住している下宿人は金属細工指導者のハリーだけだ。その彼も夏季休暇中で留守にしている。だが、食事のうまさや清潔さについての館の評判は高く、空室があることは珍しい。一階の窓のひとつに看板があり、一泊料金が提示されている。サービスがよい割に料金が手頃なことが、季節を問わず繁盛している理由だ。

今回のことがあっても、ほとんど何も変わらないだろう、とジョゼフ・ポールは予想していた。唯一の変化は、姉が中心になって一切を切り回すということだけだ。掃除や洗濯をする通いの女中は常にいた。それなしで済ますわけにはいかない。姉だって人を雇うのをやめようとは言うまい。

「そういう提案を受けたというだけだ」と彼は言った。「庭園はどうかって」

昔、ふたりは石炭貯蔵所で、石炭のかけらを使った遊びをしたものだった。それぞれ五つもって、それらを蹴って、あらかじめ定めたコースを回るのだ。まず布袋置き場へ。それから水の入った樽のところへ。石炭屑の山を経て、塊炭の上を通って、カートのあるところに。そこからさらにポンプへ。水平な切れ目で半分に分けられた赤いドアのところまで行くとスタート地点に戻る。町では家々の玄関ドアをノックしては走り去った。雌鶏小屋の掛け金を外し、雌鶏を放して追いかけもした。ふたりは通りをうろついた。父親は甘かったし、母親は館を切り回すのに忙しかった。数分遅く生まれたジョゼフ・ポールは姉より小柄だったが、それをいやだと思ったことはなかった。

「墓石はどうするの?」ミス・コナルティーは階段の踊り場の窓台から、通いの女中が見逃したマッチの燃えさしを拾い上げた。彼女がそれを広い居間の火のない暖炉の中に落とすのを、ジョゼフ・ポールは見守った。見えない位置にうまく落とした。「その件で、ヘガティーのところに行かないといけないね」と彼は言った。

「本人の希望していたことについて話し合わないといけないわね」

ふたりの母親は、夫の墓石に自分の名前をつけ加えられるのは真っ平だ、自分専用の墓と墓石がいい、と言明していた。

「そりゃ当然、希望どおり、ひとりの墓にするべきだよ」とジョン・ポールは言った。

「庭園のことは誰が言いだしたの?」

「フィーニーの店のマッジ・シェイだ」

庭園と呼べるものが、広場四番に存在したことはなかった。そしてそのことを彼らの母親がしばしば口にしていたのを人々は覚えている。瞑想の場所をつくる、というアイデアは悪くない、とジョゼフ・ポールは続けた。ある人生について感謝する手立てになる。この時が来てしまった今、町のみんなだって、望んでいることだ。そして教会の裏手、教会と墓地との間に、庭園をつくれるだけの空き地がある。

「変わった墓をつくるだけで十分だと思うわ」姉は反論した。「女は連れ合いの傍らで眠りにつくのが当たり前、夫と妻は同じ墓にはいるのが当たり前よ」

ジョゼフ・ポールはそれを否定しなかった。言い争うことはしなかった。埋葬のやり方については、ミラン神父との間で話がついて、死者の最後の願いとして実現された。同じように、石切り場のヘガティーも頼まれたとおりにやるだろう。記念の庭園もつくられる。町の人たちがそう望んでいる。

「男の人がお葬式の写真を撮っていたんですって」と姉が言った。

「ぼくは見なかった」

「ここで噂になっていたの。わたしたちがカメラマンを頼んだのかと思った人もいたのよ」

「そんな男は見なかったなあ」

「とにかくそういう話が出ていたの」

姉はそれ以上は言わず、花瓶の陰に忘れられていたカップと受け皿をもって立ち去った。ジョゼフ・ポールは入れ違いに、居間に入っていった。灯りは一日中つけっぱなしになっていた。背の高いふたつの窓に目隠しが下ろされ、朽ち葉色のビロードのカーテンが房のついた飾り帯でまとめられている。ふんだんに使われ、重なりあっているレースのカーテンは、日中のプライバシーを守るためのものだ。テーブルや暖炉の前のスツールの上に雑誌が置かれている。飾り物の象が小象を引き連れて、マントルピースの琥珀色の縞の大理石の上を行進している。マントルピースの上の壁には、黒檀の額に入れられたダニエル・オコンネル〔アイルランドの民族主義指導者〕の肖像画がある。

写真を撮られていたと姉が告げたのは、彼がそれを聞いたら気に病むと知っているからだ。カーニバルの写真を撮るみたいに葬式の写真を撮るなんてとんでもなく敬意を欠いたことだと考えるのがわかっているからだ。もしかしたら姉の作り話ではないか、と彼は疑った。姉はよく作り話をする。

先週の泊り客のひとりが置いていった〈ナショナリスト〉紙を読むともなく見て、それから同じ無関心さで、〈ダブリン・オピニオン〉の古い号のページをめくった。あれは扱いにくい人だ。彼は長年の間、姉がどんどんねじ曲がっていくのを見てきた。そして、いつか時が姉の不満を和らげてくれるように願っていた。何度かはそう祈りさえした。ふたりが子どもだった頃、母は姉を厨房に留めたがった。彼のほうは、ひとりで遊びなさいと外に出されるのが常だった。勝手口のドアが完全には閉まっていないとき（そういうときのほうが多かった）、彼は隙間から覗きこみ、姉が、脂肪と筋の取り除き方や肉を切る方向や粉のまぶし方（粉をつけ過ぎてはいけない）を見せてもらっているのを、じっと見つめた。母は姉に、どのくらいの時間ぐつぐつ煮るのか、いつ小麦粉団子《ダンプリング》を加えるのか、いつ粉末グレービーを加えるのかを教えた。やがて、姉自身がダンプリングをつくるのを許される日が来た。パイを作るためにリンゴの皮をむく日が、カスタードをかき混ぜ、茹でたジャガイモをつぶす日が来た。厨房は女たちの場所で、母と姉がこの家の女だった。母と姉とそのときどきの通いの女中――農家の娘であれ、町の貧しい後家であれ――がこの家の女だった。

ジョゼフ・ポールはこの女たちの世界の存在に慣れ、しまいには気にならなくなった。彼は離れ家《や》で木を割り、焚きつけをつくった。母親がそっちのほうが男の子っぽいと言った仕事だ。母はときどき、彼を買い物に連れていった。彼を坊やと呼んだ。あなたがわたしをいらっとさせることなんか、ありえないわ、と母は言った。あなたの中には、わたしをいらっとさせるものが何もないもの。毎朝、食事のあと、暖炉の前に母と一緒にすわっていた。そこは今すわっているところから手を伸ばせば届く場所だ。

泊り客を招き入れる看板を一時的に下ろしていたので、今夜はこの部屋をひとり占めできた。彼は階下から聞こえてくるなじみ深い物音に耳を澄ました。姉が玄関の戸締りをする音。食堂でナイフやフォークが触れ合う音。食器棚の引き出しを閉める音。空気を入れ替えるためにあけていた窓を閉め、施錠する音。姉にとって、結婚する機会、克服できない過去を永遠に忘れ去る機会はいくらでもあったのだ。ガハリーや時計屋のヒッキー、あるいは常連だった泊り客の誰か、この町に住む中年の独身者たちの誰かが、姉に関心を示す見込みは大いにあった。問題が起こったとき、姉は若かった。そして、姉が一歩を踏み出すことができないうちにその問題は終わった。姉はそれ以来ずっと、一歩を踏み出すことができないでいる。

足音が聞こえた。軽やかに階段を昇ってくる姉の足音。母の足音を再び聞くことがない今となっては、一番よく知っている足音だ。姉が彼を見下しているのは、責めることの変形だった。彼はそのことを知っている。知っているから、見下されても耐えやすい。階段を昇りきると、姉は居間にはいり、彼がすわっているそばに寄ってきた。冬になる前に、裏手の二つの寝室の塗り替えをしないといけないわ、と姉は言った。前と同じ色がいいわ。

彼はうなずいた。自分を挑発するために姉が身に着けている宝飾品を見たくなくて、顔の向きを変えぬまま、その件はまかせてくれ、と彼が言うと、姉は立ち去った。

2

ディラハンは妻より早く起きた。下におりて、レイバーン社製レンジの通風調節弁のレバーを引き、耳を澄まして燃えはじめた焰の音を確認してから、無煙炭を入れた。やかんの水が沸騰するのを待って紅茶をつくり、流し台の前に立って髭を剃った。中庭に通じる裏口のドアをあけると、二頭の牧羊犬が、眠っていた小屋から出て来て挨拶した。彼は二頭に優しい声をかけ、両手の人差し指を伸ばしてそれぞれの頭を軽くなでた。空気の感じから、きょうは雨が降らないとわかった。

犬たちは中庭を突っ切る主人のあとに従った。あの厭な場所にさしかかっても――主人とは違って――彼らは動じなかった。あの頃いた犬の一頭は、さりげなく回り道をしたものだ。だが、その犬がそこを避けたことに、ディラハンはいつも気づいていた。川沿いの土地に行く途中で、ウサギが一匹、驚いて飛び出し、茂みに駆けこんだ。もう一匹があとに続いた。牧草地の雌羊たちは驚かなかった。

ディラハンは雌羊を数えた。七十四頭、みんないる。鉄のゲートにもたれて、しばらく雌羊を観察した。犬たちは足元にうずくまっていた。それから彼は丘の牧草地に登っていき、搾乳用に飼っているわずかな雌牛に声をかけた。雌牛たちはのろのろと寄ってきた。

＊

エリーはベッドの夫の側の敷布と上掛けをめくり、それから自分の側をめくった。この家にひとつしかない小さなバスルームで体を洗ったあと、家の中にひとりきりなのはわかっていたが、ネグリジェをもう一度着てから、階段の前を横切った。服を着て、髪をとかした。朝早くはこれぐらいでいい。

エリーはがっしりとした年上の夫とは対照的に、物腰に子どもっぽく、ちょこまかしたところがある。だが、そういう子ども時代の名残とは別に彼女を際立たせているのは清楚な美しさで、今やこちらのほうが目立っていた。かつては不安そうだった灰色がかった緑の目にも、ためらいがちで曖昧だった微笑みにも、今は落ち着いた美しさがある。扱いにくくて困った柔らかい金髪は、ひっつめている。これが一番収まりのいい髪型だ。けれどエリーは、この母屋や中庭や牛乳加工場、姫リンゴ園や牧草地のどこにいても、時がもたらした親しみはあっても、溶けこんでいけない気後れを感じていた。それは家事をするために雇われて初めてここに来た日と変わっていなかった。

いつもの朝と同じように、ボウルの中から削ぎ取った肉汁の塊がフライパンの中で柔らかくなる間に、テーブルにナイフとフォークを置いた。二十分ほどして中庭で、耳慣れた気配がしたかと思うと、勝手口の掛け金がもちあがり、牛乳をもって夫が入ってきた。ノスリがまた旋回してるよ、と夫は言い、戸口で長靴を脱いだ。

「きょうは川沿いの土地にいる」朝食を食べ終わると、沈黙を破って夫が言った。もっていくサンドイッチはすでに彼自身が用意を済ませていた。一日野良にいることになりそうなときはいつも自分でサンドイッチをつくる。男やもめとして過ごした数年の間に身についた習慣だ。チーズ、トマト、そのほかありあわせのものをはさむ。水筒はエリーが用意した。

「ありがとう」夫は水筒をとりあげて、テーブルを片づけているエリーに言った。

エリーは流しに皿を運び、お湯を出して漬け置きした。そして、でこぼこな床を掃くのがやりやすくなるように椅子をテーブルから離した。そして、食器棚の下にブラシをできるだけ深く突っこみ、きのう以来積もった塵をすべて取った。その塵をレンジの前に集めた塵の山に加え、それから全部、塵取りに移した。背中を向けていたが、夫が戸口に佇んでいるのはわかっていた。何か言いたいことがあって、そのせいで立ち去りかねているかのようだ。しかし、彼はこう言っただけだった。

「一日かかりそうだ」

「飲み物をもっていきましょうか？」

「うん。頼む。あとでな」

「お安いご用よ」エリーはレンジの蓋をあけ、塵取りの中身を石炭の上にあけた。

「それ、気をつけてくれ」

「うっかりしていたわ」エリーは自分に腹が立った。うっかりしていたのは、レイバーンレンジの蓋をしょっちゅうあけてはいけないと夫に言われていたのを忘れたことではなく、夫がまだいるのに、いないと思っていたことだ。夫の佇まいも物腰もほんとうに静かなので、いるかいないかわからない。あとで飲み物をもってきてくれと言ってすぐ、出かけたと思いこんだのだ。

「ごめんなさい」と言いながら、夫のほうを向いた。

「謝るほどのことじゃない。保険屋が来たら、あの本から金を出してくれ。来る日がまだ決まっていないんだったかな？」

「コーリーさんの時は、第二火曜だったけど」

「そうだったな」変わったかもしれないな、と夫は言った。後任者が自分に都合のいい日を決めるだろうから。「きょう来たら、どうしたいか言うだろう」

「向こうから言ってくれなかったら、訊いてみるわ」

「コーリーが来なくなって淋しいね」

夫が出ていき、中庭へのドアが閉まった。トラクターが始動する音が聞こえた。エリーは耳を澄まして、トラクターが遠ざかるとともに音が消えていくのを確認した。あの人はわたしによくしてくれる。わたしが失敗をしてもうるさく言わない。また、ここのやり方が完全に身についていなくて、行き届かないところがあっても黙っていてくれる。熱の伝わり方を調節する鉄の円盤をレンジの上にはめこみながら、エリーは自分に言い聞かせた。それから階段の下の物入れの中に塵取りとブラシを並べて掛けた。そして窓をふたつともあけた。毎朝、空気の入れ替えのために、たとえ雨が降っていても、しばらく窓をあける。あけたままにしておくための突っ張りをはさんでから、中央が上下に分かれた食器棚の中間の台に置いた時計を手に取り、一日で十二分進んだのを正した。椅子の上に登り、食器棚の一番上の棚にある『オールドムーア年鑑』のページの間から、保険屋に払う五ドル札を取り出す。保険屋が来た場合に、目の前で取らなくてもいいように。

食堂を兼ねたこのキッチンは広くない。緑色の大きな食器棚の幅と厚み、そして三度の食事をとるオーク材のテーブルの面積でいっぱいいっぱいだ。天井には梁がむきだしになっていて、黒っぽい材木と材木の間は白く塗られている。木でできているほかの部分——ドアや窓枠や裾板は食器棚と同じ緑色だ。五年前、初めてこのキッチンに入ったとき、今まで見たなかで一番好きなキッチンだと思ったたし、この母屋の表にある居間ほど、くつろげる場所は知らなかった。居間はほどよく手狭な感じで、背もたれと肘掛けに飾り布を置いた椅子が二脚置かれ、暖炉の前には真鍮の炉囲いと鉄の火掻き棒があった。飾り物や写真が配され、花柄の壁紙には帯状の飾り模様がついていた。

エリーは居間に入った。むっとしたにおいが夏らしくて快かった。煤のにおいも微かにした。窓下の台に置いた白い水差しのピンクの薔薇が香りを失い、頭を垂れていた。エリーはしおれた花をキッチンにもっていき、水差しをゆすいだ。それから家の前の庭園の格子垣から、新しい花を摘んだ。花を活け終えると、雌鶏に餌をやり、卵を集めた。それから自転車の後輪のタイヤに空気を入れた。バルブの具合がおかしいのだ。もっとも、きょうはどこにも出かける予定はない。

子どもがいないという以外の点では満足しているので、夫が野良に出ている間のひとりの時間をもてあましていても、エリーは不満を言う気はなかった。家にいても日常のこまごました仕事があるし、一週間に一度、ラスモイへの七キロあまりの道を自転車で走り、卵を届ける。買わなくてはならない物があるときは、それ以外の日にも自転車でラスモイに行く。エリーは何もない田舎の景色の中を走るのが大好きな上に、町に着いたあと、町なかを走るのも好きだ。通りが混雑しているときには、その喧噪を、田舎とは違う雰囲気を楽しむ。商店の人たちが顔を覚えてくれていると嬉しい。イングリッシュ雑貨店の補聴器をつけた男の人に挨拶されるのも嬉しいし、〈マーのカフェ〉で、ひとり時を過ごすのも気に入っている。取引先から受け取った小切手を口座に入れてもらうために銀行に行くのも、〈キャッシュ・アンド・キャリー〉でほしいものを探すのも楽しい。エリーは必要以上に頻繁に司祭に罪を告白し、自分が望む以上に頻繁に、コーバリー生地店の毛糸売場のミス・バークが読んでいる小説の筋を聞かされる。オープン・レン老人はエリーに挨拶する。エリーが誰なのかわかっているときもある。

エリーは牛乳加工場の床にホースで水をかけ、すでにこすり洗いが済んでいる搾乳用のバケツを、流しの隣のスレートの水切り台に伏せて並べた。泥炭小屋のひとつと飼料小屋に猫いらずを置いた。このふたつの小屋には、ものを齧る小動物がいるようだった。

自分が世話をしている野菜畑に行き、パセリにまじった雑草を抜き、ニンジンを間引いた。明日かあさってになれば、種から育てたエンドウマメのうちで一番成長の早い一群の莢がふくらんで、収穫できるようになるだろう。

＊

ディラハンは送水管を丘のほうに運んだのち、トレーラーを繋いだトラクターを運転して川沿いの土地に下りた。取り替えるつもりのフェンスはたるんで下がっていて、金網のあちこちに裂け目があり、杭の一部は土の中の部分が腐っていた。雌羊の群れはディラハンが来たのに驚いて、ハンノキの木陰まで退いた。ハンノキは川の両岸に、そして水の中にまで生えている。牧羊犬も木陰に落ち着いた。

ディラハンは有刺鉄線と金網とをとめている金具をねじり取った。金具は簡単に外れたが、その先が長い。新たな杭を二十二本打ちこまねばならないし、必要に応じて古い杭を抜かねばならない。そして、金網を取り替える。午前中いっぱいではもちろん終わらない。さらに、予想していた以上の時間がかかりそうだ。明日も一時間ぐらい費やさなくてはならないかもしれない。

一年のこの時期は、ディラハンにとってつらい時期だ。彼から妻と子を奪った悲劇が起こったのは、七年前の六月だった。六月が来るたびにその記憶に苦しめられる。考えまいとしても、生々しく頭によみがえるのをどうすることもできない。その記憶は、夏が終わって日々の様相が変わるまで居すわる。そして、ある十月——あの事故から一年四か月後の十月——に母親に死なれ、彼はまったくのひとりぼっちになった。

ディラハンのためにエリーを見つけ出したのは、ふたりの姉だった。彼には黙って、ふたりはテンプルロスの女子修道院に赴いた。その女子修道院が運営しているクルーンヒルの孤児院のことを耳にしたからだ。その後、ふたりはキッチンでディラハンにその話を持ち出し、訪れた施設について説明した。そして、彼が重々承知していることを、念押しするように言った。わたしたちはふたりとも結婚していて、この農場で母親代わりを務めるのは不可能だ、と。姉たちは最初は家政婦を見つけようと努力したのだが、無駄骨に終わっていた。だが、今になってみると、それは却ってよかったのかもしれない、とふたりは思っていた。探していた年配の女の代わりに、クルーンヒルの施設が若い人を差し出してくれたのだから。その娘は家事の経験がある上、農業の手伝いもする覚悟があるという。申し分のない話ではないか、と言いながら、姉たちはテンプルロスの女子修道院の院長の紹介状をディラハンに手渡した。彼が読んでいる間、ふたりは黙っていた。ディラハンが紹介状を下に置くのを待って、こんな好条件の話はまたとないだろうと言った。

そういうやりとりの断片や、その取り決めに同意したあとの経緯の断片が、角の杭の一本目を大ハンマーで打ちこむディラハンの脳裏に浮かんだ。「こんなに運のいい人はめったにいませんよ」上の姉だったか下の姉だったかが、クルーンヒルにかけた電話でそう言っているのが聞こえた。自分のことを言われているのか、その娘のことなのか、彼にはわからなかった。また、彼は自分のことが、ちゃんとした男です、そういう事情ですが、本人は信頼できる人間です、何があってもミサには必ず行きます、と語られるのを耳にした。それから、上の姉が車で娘を引き取りに行き、農場に連れてきた。娘の持ち物を入れた白い木箱は、返却が必要だった。

ディラハンはよく日に焼けている。赤みがかった髪、額から顔全体に散っているそばかす。顔つきや体の大きさから肉体的な強靭さが感じられる。九月に数日、干し草の梱《こり》を作るのに手伝いを雇う以外は、農場を継いでからずっと、ひとりで切り回してきた。自分がそうしたかったからだ。彼の土地は肥沃だが、面積は少ない。必要なときには牧草地を借りる。よそで働いた経験はなく、そうしたいと思ったこともない。

彼は金網がしっかり張れるように、角の柱に支えをつけた。川沿いの牧草地に若い雌牛を放すなら、四角い網目の金網の上に二列の有刺鉄線を張る必要がある。彼は二本目の有刺鉄線を手に取り、鉄の留め具を用いてぴんと張った。続けざまにふたつの股釘を打ちつけてから、留め具を外した。木陰から出なくてはならなかった。日射しが強くなっていて、たちまちシャツがぐっしょり濡れた。片方の前腕が赤くなってきたのは、イラクサの棘のせいだ。

あの事故がまた出現した。いつもそうだが、不意打ちだった。あの鈍い音、一瞬のとまどい。庭に射していた、きょうと同じくらい強烈な日射し、何が起こったかを悟ったあの瞬間。彼にできるのは、そのすべてを脇へ押しやることだけだ。「試しに、その人に来てもらおう」と、彼は姉たちに言った。姉たちは、来てくれるのがどんな人なのか知るために一緒にクルーンヒルまで行こうと誘った。だが、彼はそうしたくなかった。「その人で問題ないよ」と彼は言った。

さらに杭をとりにトレーラーのところに行き、一本ずつ、河原に運んだ。買い物がいつもより多くて自転車で運ぶには重すぎたり、かさばりすぎたりするときには、ディラハンはエリーを車に乗せてラスモイに行く。そうする時間が惜しいとは思わない。きのうの葬式も一緒に行ってやってもよかった。もっとも金曜日に卵を届けるエリーと違って、ディラハン自身はミセス・コナルティーと知り合いではなかった。エリーは自分ひとりで参列するのはまったく構わない、と言って出かけた。そして、いつものようにさまざまなニュースをもち帰った。葬儀ミサの参列者の顔ぶれ。イングリッシュ雑貨店で聞いたラドルパウダー〔羊の識別のために用いる染粉〕のこと。仕入れの手配はしたけれど、まだ来ていないんですって、とエリーは言った。

農場にエリーを迎えた日、ディラハンは、やがて彼女と結婚する日が来るとは想像もしなかった。だが、そういう日が来て、彼はエリーの傍らに立ち、前と同じ言葉がくり返されるのを聞き、そのあと、花婿として人々の握手を受けた。結婚式の飾りつけも、前のときと同じだった。鏡に描かれたウィンターズ・テイル銘柄のシェリー酒の広告も、ざわめきと笑いも、紙吹雪も。「これでいいのだ。これで」ディラハンが物心ついたときから知っている老農場主が声を低めて賛同の意を表したのは、裏手の便所に並ぶ小便器の端と端で、ふたりだけになったときのことだった。その老人は結婚式の宴で新郎新婦のために歌を歌ってくれた。前のときもそうだった、と誰もが覚えていた。ディラハンとエリーはラヒンチに新婚旅行に行った。留守にした三日間、農場の仕事はコリガン家の者がやってくれた。エリーはそれまで海を見たことがなかった。

3

フロリアン・キルデリーは凍っているように静かな暗い湖面に小石を投げて水切りをした。最初は、小石が一度しか跳ねなかったが、もう一度試すと二度跳ね、その次は三度跳ねた。早朝の静けさは破られず、空気が冷たく、清々《すがすが》しかった。この夏、姿を目にしたが、種類がわからないでいる鳥がいて、きょうもいるかと思ったがいなかった。彼はその鳥が突然現れるのではないか、あの独特の仕方で湖面の真上から急降下してくるのではないかと期待した。空を見上げたが、鳥が姿を現す兆しはなかった。彼の犬――もう若くはない、ラブラドル・レトリーバー種の黒い雌犬もやはり空を見た。その仕種を見ると、主人が何を探しているかわかっているように思われた。この頃、この犬が自分だけで何かすることはまれになっている。

湖の周りをぐるりと歩くと一時間かかる。地面がぬかるんでいると、ところどころで回り道をしなくてはならない。だが、今朝はその必要がなかった。裏返したボートが小石の河原に放置されている。ここは、湖の水が細い流れになって入ってくるところだが、今はほとんど流れこんできていない。水際には葦がびっしり生えている。もう何年も刈っていない。

昔、パーティーが盛んに開かれていた頃、客たちがダブリンから車でやってきた。いつも大勢で列をなして湖の周りを歩いたものだ。その中には、この家のただひとりの子どもであるフロリアンもいた。客たちは砂利敷きの駐車場に車をとめた。ポンコツのダッジやフォード、いつもやってくる一台だけのモーガン、そしてモリスやオースティン。ボンネットのマークで区別ができる。彼はナンバープレートを見覚えていて、以前来た車がまた来ると、それとわかった。パーティーの夜はいつも、眠りにつくのがいやだった。音楽や笑い声が彼の寝室まで微かに伝わってきた。朝になると彼は足音を忍ばせて、永遠に続きそうな静けさに包まれた家の中を歩きまわった。

フロリアン・キルデリー——彼は会ったことのない祖父の名をとってフロリアンと名づけられた——は、イタリア人の母とアングロ・アイリッシュの父が世に残したただひとりの子どもだった。このカップルのお互いへの献身は彼らの結婚生活を輝かせた。その結婚生活は、奇抜なやり方で債権者たちを魔法にかけるのが日常茶飯事のような、風変わりなものだったが。フロリアンの母はジェノバのヴェルデキア家の出だった。彼の父は、アイルランドのゴルウェイ県に由来するが、イングランドのサマセットシャーに住みついて長い軍人一族に生まれた。裕福なヴェルデキア家の人々は一九一八年、戦争が終わろうとする時期に自分の連隊を離れて放浪していた兵士と自分たちの娘との恋を認めなかった。彼の父はもちろん貴族ではなかった。一方、ヴェルデキア家は貴族だった。ヴェルデキア家の人々は、ソルダート・ディ・ヴェンチュラ、すなわち傭兵という言葉で、フロリアンの父に対する嫌悪感を表した。そのほかにも、財産目当てだろうと言わんばかりの、あまりと言えばあまりな言葉が口にされ、そのせいで、ナタリア・ヴェルデキアはこの数歳年上の求婚者と秘密結婚をして、彼とともにアイルランドに逃れることになった。「わたしはいつだって、文字どおりの無一文だった」とフロリアンの父はのちによく言ったが、とりわけ、その頃の貧しさはひどいものだった。リース川の戦闘で右脚をひどく負傷し、どうにかこうにか、その日その日をしのいでいたのだ。とはいえ、ヴェルデキア家の不興を買ったにもかかわらず、遅すぎないタイミングで、ジェノバからの遺産が来た。本来もらえたはずのものより少ないにしても家屋敷を購《あがな》うには十分だった。そして、その家で、キルデリー夫妻は死ぬまで暮らした。彼らの一粒種であるフロリアンはそこで生まれた。そして、最近、父に死なれてその家を受け継いだ。

シェルハナと呼ばれるその家は、建築物としてはこれといった特色のない田園屋敷《カントリーハウス》で、敷地内の広い湖に面している。グレナン辻から三キロあまり、キャッスルドラマンドの町から八キロ。今では建物がかなり傷んでいる。キルデリー夫妻の在世中、構造部分の維持にかける金がほとんどなかったためだ。おまけにフロリアンは、父から家を受け継ぐとともに、多額の負債といくつかの係争中の案件も引き継いだ。父は請求書が来たときに支払いを延ばすのが最後までうまかった。どれを払い、どれを放っておくか判断するのも得意だった。フロリアンはそうではない。物事を長続きさせることも、売るために野菜を育てることも、スモモが木から落ちて草に紛れてしまう前に収穫することも、どれひとつうまくやれたためしがなかった。電話は先頃、止められたし、振り出した小切手は不渡りになった。債権回収業者が定期的に連絡してくる。

　これほどの窮状でなかったら、フロリアンはずっとシェルハナにいようと思ったかもしれない。だが、改善の兆しがまったく見られず、自分には貧しい暮らしの惨めさに耐える勇気の持ち合わせがないことも承知していたので、与えられた助言に従って、家を売ることにした。故郷から逃れた親をもつフロリアンは、こうして自分自身も故郷を捨てざるを得なくなった。二週間前、パスポート申請書に聖公会司祭の署名をもらった。

　ひとりっ子という孤独な環境に生まれついた彼は、強く自己主張する機会もなく幼年時代と少年時代を過ごし、大人になったのちも、気質の点では子どもの頃とさほど変わらなかった。礼儀正しく謙虚で控えめ。「この子は自分がちょっと少ないの」生前のナタリア・キルデリーはしばしばそう評した。だが、その言葉には愛情がこもっていた。彼女がわが子について何か言うときには、いつもそうだった。彼ら三人は愛情あふれる一家だった。

　この朝、湖の周りを歩いているフロリアンは立ち止まって、また湖に目をやり、その静かで端正な光景にしばし見入った。それから、庭園に足を進めた。アーティチョークが丈高く繁って、ニワトコの木や昼顔やラズベリーの若木の間にはびこり、それらの植物の成長を阻んでいる。そして去年のリンゴが落ちた場所で腐っている。このジャングルのように荒れた庭の先には玉石を敷いた小さなスペースがある。フロリアンはそこを通って、裏口から、戸締りしていない家の中に入った。

キッチンでコーヒーをいれ、トーストを焼いた。急いではいなかった。『美しき者と呪われし者』を読みながら、残り少なくなったコーヒーをちびちび飲み、一日の最初の煙草を吸った。それから、一度に洗いきれないほど溜っている汚れた衣類を一部なりとも洗い、スモモの木の間に干した。前から調子の悪い水ポンプを修理しようと試みたが、やはりうまく行かなかった。キッチンに戻っていたとき、郵便配達人がもってきたものが、がさがさと郵便受けを通り抜けて石を張った床の上に落ちる音が聞こえた。数分後、玄関ホールで彼が見つけたのは、請求書の入った茶色い封筒だけだった。彼は開封もせずにそれらを捨てた。

「まあまあの値で売れるんじゃないでしょうか」不動産会社の男は巻き尺をしまいながら、そう言った。アイルランド銀行も同じ考えだった。借金を支払ったあとしばらくは、贅沢にというのは無理でも、まずまず安楽に暮らせる金が残るだろう。どこかほかのところで、よそ者として暮らすにも十分だ。もっともどこで暮らすのかについては、まだ何の考えもない。フロリアンはアイルランドの外に出たことがなかった。

二階に上がって部屋部屋を歩き回り、何が業者たちの興味を引くだろうかと考えた。そういうものは昔と比べるとずいぶん減っていた。父が晩年に入って、家具を売りはじめたからだ。それは、その前に、シェルハナに付属していたハリエニシダの生い茂る石ころだらけの農地を切り売りしたことの延長だった。家具がろくになくとも、家の中のそこかしこに、この家が栄えた日々の名残があった。かつて壁を賑わした絵があった場所は、壁紙の色がほかと比べて濃く残っているに過ぎない。けれど、フロリアンはそれを見るだけでさまざまなことを思い出した。花柄の洗面用ボウルとその中に置いた水差し。洗面台や鏡台。今はないそれらがどこにあって、どのように配置されていたかが、ありありと目に浮かんだ。日射しが空気にもたらす、むっとするようなぬくもりこそが、夏のにおいだった。そしてそれは今も変わらない。シェルハナにやってきたイタリア人のいとこが弾いたシューベルトの曲が、耳によみがえった。人々のざわめきも聞こえた。パーティーをしなくなってから誰も眠ったことがない客用寝室の窓際では、天井の漆喰がはげ落ちて、擦り切れたカーペットにこびりついている。窓台の黒い点々は、いつの夏のものかもわからないハエの死骸だ。父愛用のタイプライター――レミントン社のアンティーク――がアルコーブに置かれた安定の悪いテーブルの上にあり、そこには父の日記帳も、角に寄せて積み上げられている。

湿気で壁が膨らんでいる。階段近くの埃だらけの床の上に、壁の電話機のフックから外れた受話器が落ちていた。電話は止められているので戻すまでもない。薄汚れた窓ガラスから射しこむ日の光が影の模様をつくっている。思えばそこは、パーティーの客たちが昼間から踊っていたところだ。音質の悪い、大きなラジオ兼用レコードプレーヤーからの音楽に合わせて、人々は家の中の至るところで踊っていた。一階のすべての部屋で、階段の登り口で、玄関ホールで。階段に腰を下ろしている人もいた。

ずっと自分のものだった寝室に入ると、フロリアンはしわくちゃの敷布や上掛けを引っ張りあげ、見苦しいさまをベッドカバーで隠した。もちろん、ぼろ隠しだ。家を売ろうというのだからそれぐらいのことは、しなくてはなるまい。彼もそれはわかっていた。死ぬ二、三日前、父はそれまで何度も言ったことをまた言った。窮余の策を必要とする状況になったら、シェルハナの十八の寝室の一部を賃貸に出すといい。湖の魅力と周囲の静けさのおかげで、比較的高い賃料でも借り手があるだろう。そして、おまえがどんな生き方をするにせよ、シェルハナは少なくとも、おまえを風雨から守ってくれるだろう、と。それよりも前に、「絶対に自分の才能を裏切ってはだめよ」と実用性を無視した助言を与えたのは母だった。才能ある両親――ふたりとも、非常に優れた技術をもつ水彩画家だった――のもとに生まれた彼は、どの程度にせよ、また、どんな形にせよ、両親の才能を受け継いでいて当然と考えられていた。

美術こそが、フロリアンの両親の情熱の対象だった。画架と筆を用いて、湖のさまざまな眺め、鳥や花や街角、静物などを描くことが彼らの生活を支配していた。そのことこそが、彼らの生きた日々のシェルハナの中心、彼ら自身の中心、そしてある意味では彼らの結婚生活の中心をなしていた。ふたりが催していたパーティーも、すべて美術がらみのもので、客のほとんどは画家仲間を始めとする美術界の人たちだった。絵が売れたのを祝う会であることも多かった。

フロリアンもいつかその世界に居場所を得ることを、両親は待ち望んでいた。必ず実現すると信じられていたこの予言は、フロリアンの子ども時代に影響を及ぼした。両親が愛し合っていることや善良な人たちであることが、影響を及ぼしたのと同じように。だが、善意に基づく惜しみない期待をありがたく受け取る一方で、フロリアンは密かな疑念を抱いていた。最初にその疑念を意識したのは、五歳の誕生日の朝だった。

プレゼントに、薄べったい黒いブリキの箱をもらったフロリアンは、中味はお菓子だろうと思った。だが、蝶番《ちょうつがい》でつながった蓋を開いてみると絵具だった。母が色の名前を読み上げた。クローム・イエロー、プルシアン・ブルー、マダー・レーキ、クリムソン・レーキ、コバルト・ブルー、エメラルド。フロリアンは色をまぜこぜにして濁らせた。かまわないよ、と両親は言った。「やってごらん。できるから」両親は水に浸した筆を彼に渡して言った。どういうふうにやるのか見せてもくれた。彼は絵具をはね散らし、ぐじゃぐじゃに塗った。「もちろん、できるようになるよ」と両親は言った。彼にはわかった。できっこない、と。

こうしてがらんとした部屋部屋を巡っている今、フロリアンは、過去のそういう出来事について、いつも以上に長く物思いにふけっている自分に気づいた。憤りの感情などなかった。ただ、日ごとに近づいてくる終焉をいつも以上に受け入れがたく感じているのだった。彼は父が死んだ部屋の入り口に立った。父は身支度をしている最中に死んだ。ここは、その三年前、母が六十一歳の誕生日に目を覚まさなかった部屋でもある。ここにはもう衣裳だんすとベッドしか残っていない。「服のことはあとでやろう」父はそう言って、ハンガーにかかったままの母のコートやワンピースをこの衣裳だんすにまとめた。慈善団体に寄付するためだと言いながら、父は結局どこにも連絡をとらなかった。そうする気になれなかったのだ。今では父の服もまとめられて、母の服の隣に掛かっている。

両親はフロリアンを買いかぶっていた。そうせずにはいられなかったのだ。フロリアンにはそれがわかっている。あの頃でさえ、大体はわかっていた。ほかの形の芸術をいろいろ薦められた。そして、そのどれをやっても、うまく行かなかったが、それでもなお、両親は彼に将来の見こみがあると思っていたようだった。彼自身は挫折感しか抱いていなかった。最初のうちは気に病んだが、のちには、あまり気にしなくなった。家には本がたくさんあり、彼はその多くを読んだ。

ダブリンの寄宿学校の費用を払うのが難しくなり、退学しなくてはならなくなったときも、フロリアンはまったく意に介さなかった。しばらくは、ブレイズ先生とかいう年配の家庭教師が毎日キャッスルドラマンドからオートバイで通ってきたが、やがて同じ問題が生じて、教育は終わった。そのときに、あるいはそののちにシェルハナを離れてもよかったのだが、彼はシェルハナに居続けた。

〈わたしたちは彼にここに留まってわたしたちと暮らすよう、強要してはいない〉。彼の父が悪筆でそのように記したものが、投函されなかった手紙に残っている。〈そんなことをする権利があるとは思っていない。だが、その必要もないのに、机にかじりついて人生を浪費してよいものだろうか？　必ず何かが生まれる、とわたしたちは言い合っている。そして、必ずそうなると知っている。いつか何かが生まれる。それは発見される用意ができたときに、発見されるだろう。才能というものはそういうものだからだ。そして、彼はこのうちで幸福に暮らし、自分の道を見つけつつある〉。

フロリアンは自分の道を見つけはしなかった。その代わり、彼は父の死後しばらくして、古いライカのカメラを、庭の物置小屋のがらくたの中に見つけた。彼はそれを手にとって、芸術の世界で自分の居場所を探していた長い年月の間、写真はどうかという話がまったく出なかったのはなぜだろうと、いぶかった。そして試しにそのカメラを使ってみると、驚いたことに、とてもうまく行ったのだ。

まずシェルハナの写真を撮った。シェルハナの荒廃と哀愁に心惹かれた彼は、そのあとのどの写真でも荒廃と哀愁を追求した。先立って勝手にはいろうとして叱責された映画館の焼け跡にも、きょうもう一度行ってみるつもりだ。

出かける前に、屋根裏部屋のひとつの掃除を終えた。ここには捨てようと思って取り分けたもののの、捨てずじまいになったものがいっぱい突っこんであった。犬は最初のうち、埃の中をくんくん嗅ぎまわっていたが、やがて腹這いになって、何かもう少しおもしろいことが起こるのを待った。この犬は、つい最近まで、写真を撮るために出かけるフロリアンについてきたものだった。だが、今はもう行きたがらない。フロリアンは庭でくすぶっている焚き火に、燃やせそうなものをもっていった。それから、犬のおもちゃのテニスボールを投げてやった。「留守番頼むよ」と出がけに声をかけると、犬は再び腹這いになり、わかっていますよ、というふうに尻尾で床を打った。犬の名はジェシーという。

4

エリー・ディラハンは青いワンピースを着たが、すぐに脱いだ。ワンピースのスカート部分に皺があったからだ。キッチンでアイロンをかけて、もう一度着ると、口紅を塗り、脱ぎ着のために乱れた髪を直してから、町で済ませる用事を書き出した。そして外に出て、自転車の荷台に二段の卵トレイがしっかり結わえつけられているのを確認すると、空《から》の買い物籠をハンドルに掛けて自転車に乗り、中庭から出た。

誰にも会わなかった。道しるべのそばの緑色の小家まで来ても、人の気配はなかった。ネリガン一家が立ち退きを余儀なくされてからずっと、この家には誰も住んでいない。本道にパトカーがとまっていた。事故があったのだろうか。ふたりの警官がタイヤのスリップ痕を測っている。

司祭館の呼び鈴を鳴らすと、ミラン神父が自ら出てきて、ふっくらしたピンク色の顔をほころばせた。ミラン神父は、ミセス・ローラーを呼ばなくてはと言ったあとで、家政婦が用意した卵の代金がポーチの手すりに出ているのに気づいた。先に気づいたエリーが教えようとしていたところだった。牧師は金額を確かめながら、一週間前のミセス・コナルティーの葬儀に来ていたね、よい心がけだ、と褒めた。

「エリー、あなたのところはどんな調子かね？　干し草は順調そうかね？」

エリーは、ええ、おかげさまで、とうなずいた。刈ったまま、置いてある草もある。今年は干し草用の草が豊富だった。

「万々歳だ」ミラン神父は熱をこめて言った。「そうとも、万々歳だとも」

ミラン神父はよくその言葉を用いた。人を説得し、物事をとりまとめる彼の能力は町じゅうに知られていた。彼こそはラスモイの人々にとって、生きるためのよりどころとなる霊的な教えを示してくれる人であり、彼の声は、彼が擁護する秩序正しい教会を脅かすものを鋭く糾弾する声だった。聖職者としても、人としても尊敬されているミラン神父は、小教区の人々がよい知らせをもたらすたびに喜んだ。感謝すべきことはたくさんあると、彼は常に言っていた。物事をどういうふうに見てもそうだ、と。この朝も、神父がそう言うのを聞いて、エリーは自分にも感謝すべきことがたくさんあると思い、心から賛成した。

その数分後には、ミス・コナルティーが広場四番の館のドアを開き、葬儀に参列したのはよい心がけだったとミラン神父が述べたのと同様の趣旨のことをエリーに言った。

「いえ、そんなふうに、言っていただくようなことではありません、ミス・コナルティー。あのあとこちらにうかがえなくて申し訳ありませんでした。ミスター・ブレノックが来ることになっていたものですから。ミスター・ブレノックをご存じでしょうか？」

「いいえ、全然」

「牛の種つけにかけては、ここらで一番の人です」

ミセス・コナルティーが階段の昇り降りを苦にするようになってからは、通いの女中が卵を受け取っていた。この一年に、娘のミス・コナルティーが呼び鈴に応じてドアをあけたことは一、二度しかなかった。だからエリーは彼女のことをよく知っているわけではない。もっとも、ミセス・コナルティーのことだって、さほどよく知っていたわけではない。だからといって、葬儀に参列しないなどということは考えもしなかったけれど。

「いつもありがとう、エリー。あなたがいなかったら困ってしまうところだわ」とミス・コナルティーは言った。その物言いは母親に似ていた。輝くばかりに美しい日ね、とミス・コナルティーは感嘆の言葉を漏らした。それはミラン神父も言っていたことだ。「あら、あれは誰かしら」彼女はふいに話を変えた。

エリーはふり返った。

「ほら、たった今、マシュー通りから広場にはいってきた人」とミス・コナルティーが言った。エリーの目に映ったのは、葬儀の朝、道を訊いてきた若い男の姿だった。自転車を引いて、駐車している車の間を進んでいくのが見え隠れしている。

「あれはいったい誰なの？」ミス・コナルティーが重ねて訊いた。

エリーはミス・コナルティーが忘れてしまう前に、自分に向かって差し出された金を受け取った。「毎度ありがとうございます。ミス・コナルティー」

「まさか、葬儀で写真を撮っていた人じゃないでしょうね、エリー。葬儀であの人を見た？」

エリーはうなずき、見ました、と答えた。

「気づいた人が何人かいて」とミス・コナルティーは言葉を続けた。「ツイードのスーツを着ていたと言っているわ。エリー、あなた、あの人が写真を撮るのを見たの？」

「はい、たしかに」

「でも、変じゃない？」

わたしも変だと思いました、とエリーは答えた。青年の額に落ちかかる黒っぽい前髪や、誰の葬式かと訊いたときの真剣そうな眼差し、ふと浮かんだ微笑みを思い出した。派手な色使いのネクタイも思い出したし、カメラを操作している手に目をとめたことも思い出した。ほっそりしてきれいな手だ、とそのとき思ったのだった。

「写真を撮るように頼まれたのかなと思いました」

「そんなことを誰が頼むかしら？」

「ただ、ちょっとそう思っただけです。映画館はどこか知りたがっていました」

「あの映画館に行ってどうするつもりかしらね」

「さあ」

「映画を観るつもりだったのかしら。映画館が焼けてしまったことを知らなかったの?」

「どうなっているかは知っていたと思います」

「あの人、どこに行こうとしているのかしら」ミス・コナルティーが言った。ふたりが目で追っている人物は自転車にまたがり、キャッシェル通りのほうに向かった。

「これからも金曜日でよろしいですか、ミス・コナルティー?」

「ええ、同じでいいわ」

ミス・コナルティーは、まだ客室のベッドメイキングを済ませていないから、のんびりおしゃべりしてはいられないと言った。エリーは挨拶をして、次の用事に向かった。

イングリッシュ雑貨店に行ったが、ラドルパウダーは入荷していなかった。補聴器の男が確かめに行き、カウンターの向こうの端から首をふった。エリーは大丈夫ですよと言ってから、聞こえるのだろうかと思った。たぶん聞こえないだろう。「火曜日に」店を出ていこうとするエリーに、男が声をかけた。だが、すぐにエリーが町に来るのは金曜日であることを思い出して、すまなそうに片手をあげた。エリーは彼の仕種を理解した。

エリーはクラジョーダン街の教会の手すりに寄せて自転車をとめた。司祭が告白を聴いてくれるまでに、多少の時間はかかったが、待つのは平気だった。彼女に課せられた贖罪行為は大したものではなかった。エリーは蠟燭に火をつけて献じ、外に出た。

＊

「あそこはコナルティー一族がもっていたの」〈マーのカフェ〉で会った女はそう言った。フロリアンが映画館で起こった災厄について尋ねたときのことだ。「もちろん、今でもそうだけど」

背が高くて肩幅が広く、黒い髪にネットをかぶせている。ひびの切れた指先、荒れて赤らんだ肌から考えて、農夫の妻ではないかと思われた。あらゆる天候に耐え、氷のように冷たい牛乳加工場でミルクをかき回してバターをつくる働き者の主婦。彼女は空いているテーブルがなく、フロリアンのテーブルに空席を見つけたので、そこにすわったのだった。彼女に話しかけられたので、フロリアンは『美しき者と呪われし者』のペーパーバックの読みかけのページの角を折って、脇へ押しやった。

「もしかして覚えてらっしゃいますか？」彼は尋ねた。「火事のことを」

「ええ、覚えていますとも」

ウェイトレスが紅茶のポットを運んできて、このあとケーキをもってまいります、と言った。「お湯もお願いね」背中を向けかけたウェイトレスに女が頼んだ。「ぐらぐら沸いてるのをもってきて」

フロリアンは写真をとる許可をもらおうと石炭貯蔵所の事務所に行ったのだが、そこには誰もいなかった。誰か来ないかと待っているうちに、壁のラックに鍵がずらっと並んでいるのが目にとまった。外の作業場で訊くと、石炭をシャベルですくっていた男が、「コロシアム」と書いた札のついた鍵を取って渡してくれた。ミス・オキーフはパブにいるミスター・コナルティーに郵便物を届けに行ったと男は説明した。「用事がすんだら、ちゃんと鍵を戻しておいてくれよ」フロリアンは必ずそうすると約束した。それから一時間の間、黒焦げの廃墟の中を歩き回った。スクリーンがあったところに、ぼろぼろのカーテンがまだ下がっていた。座席は金属の骨組だけになり、二階席部分は崩れ落ちていた。フロリアンは阿鼻叫喚の中で俳優の声が語りつづけ、笑い声と音楽が続いているのを想像した。不気味な場所だった。

「煙草の火の不始末で」カフェで相席になった女はそう言って、紅茶に砂糖を入れ、かき混ぜた。「亡くなったのは、その人ひとりだけ。でも、なじみ深い映画館がなくなってしまって残念だわ」

「ポスターが一枚、無傷で残っていました」

「昔は二階席に上がる階段の途中に、額に入れたポスターが並んでいたの。スペンサー・トレイシー、ミッキー・ルーニー、ジョーン・クロフォード」

「残っているのは、ノーマ・シアラーです」

「ああ、ノーマ・シアラー！」

彼女が初めてコロシアムに行ったのは、『デュバリーは貴婦人』を観るためだった。「トミー・ドーシー楽団が出てた」と彼女は言った。「映画館がオープンしてからそんなに経っていない頃だったわ」

ウェイトレスがケーキ類をもってきた。フロリアンはジャムロールケーキを一切れ取った。BGMがテープの終わりまで来て、また最初から始まった。

「甘い物には手を出せないの」と女が言った。

〈マーのカフェ〉はキャッシェル通りとクラジョーダン街が交わる交叉点にある。窓からはレデンプトール会の教会が見えた。フロリアンの相席の女はときおり、通りかかる人に手を振ったり、窓ガラスをコツコツ叩いたりした。

「ご存じないかもしれないわね」と女は言った。「火事で亡くなったのは、先代のミスター・コナルティーだったの」

「そうだったんですか。知らなかった」

「奥さんはその後、十七年近く生きて、先週、埋葬されたわ」

「その人の葬儀を見かけたと思います」

「そりゃそうでしょう。こんな小さな町だもの、目につかないはずはないわ。ミスター・コナルティーは家庭内でもめ事があって、大酒を飲むようになったの。ある夜、飲みすぎて、うちに帰りたくなくなって、二階席の後ろに身を落ち着けたの。懐中電灯でも照らされない限り、一晩中、放っておいてもらえると思ったのでしょうね。もうわかったでしょ。映画館はマッチ箱のように燃え上がり、人々は彼がそこにいるなんて思いもしなかった。ごめんなさい。おしゃべりしすぎてうるさかったかしら」

「いいえ、とんでもない」

フロリアンは女に紙巻き煙草を一本勧めた。だが、女は断った。

「あら、構わないわよ。どうぞ」女は、フロリアンが自分の煙草に火をつけるのをためらっているのを見て言った。彼はその言葉に甘えた。

ライカがテーブルの上にあった。革ケースはしみだらけで裂けており、ストラップは黒い絶縁テープで補修されている。女はカメラにまったく興味を示さなかったし、フロリアンが映画館に行った目的も尋ねなかった。女は、その映画館の同じ二階席で求婚されたことがあると言った。

「毎週土曜日の夜、デートしていたの。建設現場で働いているコーク県北部の出身の人と。その人、言ったわ。あんたに宮殿のようなうちを建ててやるって。でも、わたしは彼とは結婚しなかった」

その男を断って、彼女が結婚した相手は、彼女を自分の農場に連れていった。そのときは、彼の父親の農場だった。女はそのときからずっとそこに住み、七人の子ができた。末っ子は修道士に向いていそうなの、と女は言った。まだ、はっきりした話は何も出ていないけれど、と。

「なじみ深い映画館がなくなって残念だわ」と彼女はくり返した。

その女はほどなく去ったが、フロリアンは本を開かなかった。破壊された映画館の中で、彼は不意に自覚したのだ。写真術がこちらの期待に応えられないか、こちらが写真術の要求に応えられないかする時がいずれ来ると、どうして気がつかなかったのか、といぶかっている自分を。そして、自分の獲得した映像が取るに足りないもので、どれも月並みな表現にしかなっていないことに、どうして気づかなかったのか、といぶかっている自分を。いや、気づいてはいたが、重要なことだとは感じられず、意識すらしなかったのではないか。それに、自分にとってあまりにも多くのことが終わってしまい、失望に慣れっこになった今、そんなことはもうどうでもよいのではないか。

窓の外の通りで、ふたりの女が行き合い、ひとしきり立ち話をした。パンを届けに来たトラックが店の前にとまり、走り去った。遠くに、教会の急な石段をおりてくる人影が見えた。

「伝票をおもちしましょうか?」ウェイトレスが空のトレイを脇にはさんで寄ってきて尋ねた。

フロリアンは殴り書きの伝票を受け取って、硬貨を数え、勘定を払った。

「またどうぞ」とウェイトレスが言った。

*

エリーはコーバリー生地店での買い物を済ませた。ミス・バークのせいで時間を取られた。それから自転車を走らせて〈キャッシュ・アンド・キャリー〉に行った。

人々は天候の話をして、いい夏になりそうだと言っている。マゲニス通りでも同じことを聞いたし、ミラン神父もミス・コナルティーもそう言っていた。エリーはドアのそばに畳んで積んであった段ボール箱をひとつ取り、最近知り合いになった店員に声をかけた。買わなければならないものは砂糖、そして専門工房でつくられたバターにコーンスターチ。サルタナレーズンか普通のレーズン、どちらでも店にあるほうでいい。六十ワットの電球。それだけだ。家に帰るのは遅くならないはず。十二時にはらくらく戻れるだろう。

エリーは電球を取りに行き、途中で粉石けんも取った。砂糖の棚に移ろうとしたとき、あの写真家が目に入った。彼は背を向けて何かを探していたが、ふいに向きを変え、こちらを見た。

5

オープン・レンはラスモイの駅で待っていた。それは彼が毎朝毎夕、必ずすることだ。どんな季節でも少しの苛立ちも見せず彼は待つ。今朝のような暖かい初夏の日であれば、待っているうちに気持ちがよくなり、うとうとする。ダブリンからの列車が近づいてくる音できっと目がさめるから安心だと思っている。だが、列車はまったく来ない。駅が閉鎖されてから一度も来ないし、これからも来ることはない。

オープン・レンは現在と過去の両方に生きている。彼は遠い昔、リスクィンのセントジョン家の図書室の目録係として働いていた。そして、ある意味ではその館を一度も離れたことがなかった。だが、実際には、三十二年前、セントジョン家の家屋敷は売りに出され、家具も競売にかけられた。数世代の間、学者たちの訪《おとな》いを受けてきた名高いセントジョン文庫は、業者たちにめぼしい蔵書をもち去られ、残った本も、家が空っぽにされた際に庭の焚き火に投げこまれた。同じときに、屋根からスレート板や鉛板がはぎ取られた。マントルピースに天井、ドア、羽目板も、そして二階に上がったところの広いスペースのアクセントとして階段の両側でカーブを描いていたバルコニーも取り去られ、売却された。残った壁も倒され、何トンもの石が運びだされて、これもまた売却された。

それらの出来事のあと三年以上経って、司書のオープン・レンがラスモイにやってきた。十一月のひどく冷えこんだ朝だった。悲惨な出来事を目の当たりにしたために心を病み、それ以来、放浪を続けていたという噂だったが、それは事実として確認されたことではなかった。彼自身は一度もリスクィンを離れず、ひとりでそこにいたのだと述べた。リスクィンには住居はもちろん、雨露をしのげるような小屋すら残っていなかったはずなのに。

初めて町に姿を現したとき、無一物で住む家もない身でありながら、オープン・レンは気力を失っていなかった。それは今も変わらない。彼はどんな住まいでも住めさえすればありがたいと表明して、セントモーペス長屋《テラス》通りにある貧者のための家賃無用の住居のひとつをあてがわれた。それらの住居はろくに修理もされておらず、住める状態なのは、ほんの一部だった。オープン・レンはのちに町なかで、自分はラスモイに来て幸せに暮らしている、とくり返し語って感謝の意を表した。その一方で、セントジョン家のりっぱな屋敷について、それが今も存在しているかのような口ぶりで話すのをやめなかった。彼のわずかな持ち物の中に、やがてこの町で「セントジョン文書」という名で呼ばれるようになったものがあった。オープン・レンはそれを一時的に預かっているのだと言っていた。彼は毎日、駅でも街頭でも、常にそれを持ち歩いていた。セントジョン一族の富が回復された今、一族の誰かが、あるいは屋敷の使用人の誰かが戻ってきたら、いつでも手渡せるように。彼はまた、公的年金の資格証明書も肌身離さずもっていた。年金は大した額ではなかったが、彼には十分だった。

オープン・レンは老齢のために痩せこけていた。顔は骨のでっぱりだけが目立ち、肉はほとんどなく落ちくぼんでいる。皮がはりついただけの顎の下は洞穴のようにえぐれ、目は深いくぼみの底を針でつついた小さな穴のようだった。衣服はだぶだぶで、細い四肢にまつわりついていた。いつも着ているすりきれたコートのボタンはちぎれてとれているし、おんぼろ靴は踵《かかと》も靴底もひどいものだった。この朝の駅の日だまりの中でさえ、彼は凍えているかのように見えた。

セントモーペステラスの住まいを出て駅に向かうために彼がたどった道筋には、同じく聖モーペスの名を冠し、陰鬱な細い尖塔と古色蒼然たる墓石を特徴とするプロテスタント教会がある。それから、レデンプトール会の教会を過ぎる。こちらは大理石が輝くばかりで、駐車場があり、下から二つ目の階段と三つ目の階段の間にピエタ像がある。オープン・レンは、今朝もいつものようにセントモーペス教会にはいり、十五分ばかりそこにいたのだった。

列車が来ないので——彼の考えによれば、列車は一本来たが、乗客が誰もおりなかったので——彼は町に戻る道を歩きだした。アイルランド通りまで来ると商店が軒を並べはじめる。生地屋のマネキンは早春からずっと同じ恰好だし、眼鏡屋の店先にあるボール紙でつくった顔に掛けられた眼鏡は、もっと前から変わっていない。ポンズの基礎化粧品はずっと値下げしたままだし、お得なツアーの広告も、預金の利率もずっと変わらない。

マゲニス通りでは、スチール製の樽を舗装の続く限り転がしていくやり方で運んでいた。マガヴァンの店では眼鏡をかけた背の高い店員が、白いエプロンをつけた姿でバンの運転手と話していた。運転手が抱えている箱には、「ヨークシャー・レリッシュソース」「濃厚タイプ」「12本入り」と印刷されている。デ・ヴァレラ〔アイルランドの政治家〕に似ていると評判のこの店員は、注文伝票のこの品目にチェックを入れ、ミワディのソフトドリンクも注文したはずだが、と言った。

一匹の猫がオープン・レンの向こう脛に体をこすりつけ、脚の間にもぐりこんだ。彼は屈みこんで、絹のようにすべすべした黒い頭をなでた。この猫とは知り合いで、寄ってきてくれたのが嬉しかった。だが、いつものことだが、猫はふいに冷淡になり、行ってしまった。

「あれを取ってくるから待っていてくれ」背の高い店員は店の入り口からオープン・レンに声をかけ、その言葉を言い終えないうちから、店内の紅茶量り売りカウンターに急いだ。引き出しを次々にあけた末に、マホガニーの棚にふたつ並んだ、コーヒー豆を保存している背の高い東洋風の甕の間に、その封筒があるのを見つけた。「良いものを見せてもらった」と店員は言った。借りた手紙の中の、マガヴァンに言及した部分のことだった。

「どこか、わかったかい？」

「ミスター・マガヴァンはそのときのことを覚えているかな？」

「ああ、もちろん」

「実のところ、覚えていないそうだ」

一日に二回、オープン・レンが駅にもっていく書類のほとんどは、誕生と死の記録やリスクィンにあるアイルランド聖公会墓地の埋葬料の受領証、土地の売買に関する書類、館の管理や修理の記録など、読んでも退屈でしかないものだ。しかし、それよりは興味深い個人的な書簡も少数含まれていた。たとえば、タウンゼンド卿が総督をしていた時代の生活に触れたものや、一七九八年の反乱について詳しく述べたもの、ジャガイモ飢饉について語ったもの。オープン・レンはときおり、そういう書簡の一通を、読んでみてくれと商店に貸し出す。

返してもらったものを注意深くコートの内ポケットにしまいこみ、彼は再び歩きだした。ときおり、自分の名前がわからなくなるが、通りで会う人や年金をもらいにいく郵便局の職員に名前を呼ばれると思い出す。郵便局では注意される。もらった年金のほとんどを人にやってしまうからだ。ぼろにくるまれた赤ん坊を見せる物乞いの女に与えたり、ときおり町を通り抜ける浮浪者が差し出す掌に落としてやったりする。身の不運を愚痴る男にそっと手渡し、相手が恥ずかしそうな顔をすることもある。

この朝はそういう輩《やから》には出会わず、広場に着いた。そこにはたくさんの車がてんでばらばらに停められ、上っ張りを着た女が〈ボーデルのバー〉の前の石畳を掃いていた。建物の窓には、凹凸ガラスや日に焼けて色褪せた網戸にかぶせて事務弁護士や会計士の看板が出ており、ほかのさまざまなサービス業もさらに派手派手しく宣伝されている。医師や町にひとりだけいる歯科医の表札は、たいていの場合、真鍮本来の輝きを失っている。足に定期的な手当てを施す治療師は自分のところの呼び鈴のそばに、絵葉書を置いて顧客を得ようとする。それらの建物の玄関のドアは赤や緑や黒、あるいはさまざまな色合いの青だ。

放棄され、荒れるに任された家が一軒ある。ぼろぼろに錆びた落とし樋《どい》の中から雑草が顔を出し、煙突の石組から気根植物がねじくれて垂れ下がっている。だが、その隣の金融会社は小ぎれいだし、さらに行くと、灰色の裁判所庁舎の石段と柱が威圧感を与える。もっとも、きょうは法廷が開かれていない。

セントジョン文書の管理者は、広場に立つ英雄の記念像のそばのベンチに腰を下ろして休んだ。上着なしのシャツだけの姿のその像は、反乱を指揮するべく決然と右腕をあげ、左手の旗は広がり、台座の石の上でブロンズの襞をつくる。オープン・レンは広場に来ると、いつもここでひと休みすることにしている。色とりどりの玄関ドアが彼の物思いを多少とも活気づける一方で、あの荒れ果てた家はとげとげしく感じられることがある。オープン・レンは銀行のミスター・ハセットが〈ボーデルのバー〉の方向に歩いていくのを眺めた。セントジョン文書には、かつてヴァレー・ホテルであった頃の銀行の建物についての言及がいくつかある。当時のセントジョン一族がラスモイを訪れたとき、一頭立て馬車をホテルの庭にとめたことなど。

ミスター・ハセットは立ち止まって、舗道を掃いていた女と言葉を交わしてからパブに入っていった。オープン・レンはコナルティー家の下宿屋の通いの女中が、玄関ドアの真鍮のノブを磨いているのを眺めた。そして、そのあと、見慣れない人物が広場にいるのに気づいた。離れていたが、見間違いようがなかった。その人はセントジョン家特有の背筋の通ったまっすぐな姿勢と自信にあふれた物腰をもっていた。きっとジョージ・フレディー様の孫息子だろう。一族が去ったあとで生まれた人だ。洗礼名はジョージ・アンソニー。

オープン・レンは目を凝らして見つめ直すとすぐ、ジョージ・アンソニーに間違いないと呟きながら立ち上がった。挨拶の声をかけたが、最初のうち、相手は気づかず、気づいたあともためらった。だが、結局、フロリアン・キルデリーは挨拶に応えて片手をあげた。

6

「行くぞ」ディラハンは犬たちに声をかけ、トラクターのほうにではなく、ボクスホール車に向かった。それを見て、犬たちは即座に駆けつけた。ディラハンは少し空気の漏れる前輪のタイヤを調べた。まだ大丈夫そうだが、念のため、空気入れを後部座席に積んだ。それから、車を走らせてクリリーの丘に登った。ここではときおり、放し飼いしている羊を駆り集めて数を数え、迷子になったのがいれば探しにいく必要がある。犬が自動車に乗るのはこの時だけなので、彼らは自分たちが何をするのかよくわかっている。主人同様、犬たちもこの小高い土地が好きだ。

老いた雌羊が死んでいたので、いつもより手間取った。ヒースの野に放置しておいてもよかったが、ディラハンはその死体の残骸を収める墓所として、もっとよい場所を見つけてやった。感傷癖ではなく、羊に対して敬意を抱いているからだ。

二頭の犬は何も指図を受けなくとも、羊の群れを上手に扱う。羊を寄せ集め、主人の方に駆り立てて、主人が数を数える間、逃がさないでいる。濃かった霧はすでに晴れていた。ふんわりした雲がゆっくりと動き、灰色の岩壁の間に青空が現れた。岩壁が始まるところよりも高く登る必要はなかった。

ディラハンはボクスホール車をゆっくりと走らせてクリリーの丘を下り、ゴーダフを過ぎ、ボーンを過ぎた。そして買えればいいと願っている土地の入り口のゲートの前で止まった。ここを手に入れることができれば、ここを通って川沿いの自分の土地に行ける。大回りする必要がなくなって、ずっと楽になる。そのように段取りが合理的になることが彼にとって好ましかった。そしてまた、農場が広くなることも、ギャハガンがほったらかしにしたこの土地に再び力を発揮させてやれることも好ましいことだった。

ディラハンは車を中庭にとめて外に出たが、家には入らなかった。クリリーからこんなに早く戻るとは思っていなかった。そうとわかっていたら、きょうはサンドイッチをもっていかないで、キッチンで何か食べると言っただろう。彼はトラクターを運転して、低い丘の土地に向かった。犬たちがついてきた。

＊

エリーは新聞紙を手前に引っぱり、その上にまた膝をついた。そして今は食品庫として使っている洗い場《スカラリー》の床の上に、カーディナルの赤い艶出し剤をさらに塗りつけた。カーディナルを使うのは初めてだが、このコンクリートの床は全面、この色だったはずだ。それは、元の色のまま残っている部分を見てわかった。作業を終えると、スカラリー全体が明るくなったように見えた。

キッチンに戻って、やかんに水を入れた。お湯が沸くと、ひとりだけのときに使う小さなティーポットで紅茶をいれた。落とし卵をつくろうかと思ったが、空腹ではないのでやめた。

キッチンの椅子を一脚、中庭に出し、紅茶と〈ニーナ・ニューズ〉を携えてすわった。酔っ払い運転で逮捕された人の車のトランクの中につるはしがあった。トゥーマヴァラ付近で鉱石が発見された。キリーンズ・プライド号がバリンギャリー競馬で二勝した。雌羊が高値で売れている。

新聞が手からすべり落ちたが、エリーは拾わなかった。わたしに微笑みかけてくれた、あの写真家を好ましいと思ってはいけなかった。でも、そう思った。チキンとハムのペーストを探しているとあの人が言ったとき、案内する、なんて言っちゃいけなかった。でも、そう言った。わたしは見知らぬよそ者と連れだって〈キャッシュ・アンド・キャリー〉の中を歩いたのだ。わたしは自分の名前を言った。エリーはどういう名前の短縮形なのかと訊かれて、何の短縮形でもないんです、と答えた。あの人は笑った。わたしも笑いたくなった、なんとなく。

エリーは新聞をコンクリートから拾い上げた。無造作にたたんで脇の下にはさみ、椅子とトレイをもってキッチンに戻った。ティーポットの茶殻を捨て、カップと受け皿を洗った。

「ごめんください」中庭から呼びかける声がした。

それに先立つ車の音はしなかった。ミセス・ハドンがバターミルクを取りに来たのだろう。来ることになっている日だし、彼女は決して車で乗り入れない人だ。うまく方向を変えてゲートからはいるのが彼女には難しいので、道路に駐車する。

考え事から気をそらされるのは、ありがたくもあり、苛立たしくもあった。エリーはミセス・ハドンが紅茶を飲みたがったときのために、レンジの強火リングにやかんを置いた。ミセス・ハドンは玄関のドアのところに来た。そうするのはこの人だけで、ほかの人は裏に回る。エリーがドアを開くと必ず、「長居はしませんよ」とミセス・ハドンは言う。きょうもそう言った。エリーは彼女をキッチンに導いた。

「紅茶を一杯いかが」とエリーは言った。ミセス・ハドンは結構ですと答えた。いつもはよく、利尿剤を飲んでいるから水分を摂る量に気をつけないといけないのよ、とつけ加えるが、きょうは言わなかった。ミセス・ハドンが紅茶の代わりに欲しいのは――もしもちょうど金網の上で冷ましているところだったら――ソーダブレッドだ。

あいにくきょうはソーダブレッドがなくて、とエリーは先回りして詫びた。スカラリーに行き、ミセス・ハドンから預かっている二本の広口瓶の一本にバターミルクを満たしてキッチンに戻った。ミセス・ハドンはがま口から硬貨を取り出しながら、ホームに入所したおばの状況について話しはじめた。

「胸が引き裂かれるようだったわ」とミセス・ハドンは言った。「陰気くさい場所だというわけではないのよ。入っている人がおとなしすぎるのが気になるの」

話はさらに続いた。鎮静剤の使い方のいい加減さゆえに閉鎖されたホームや閉鎖されるべきであるホームの話。「誰にとっても明日は我が身よ。言うまでもないことだけれど」とミセス・ハドンは言った。

「ほんとにそうですね」

「施設にはいることを断固として拒んだ義理のおじがいたわ。ハリー・グールドという人」

ハリー・グールドは百一歳まで生きた。最後の十年の間、誕生日ごとに新しいスーツを買った。それも反骨精神の表れだったのだと、ミセス・ハドンは言う。

「この世を去る前の日に、ベッドの中で『植民地のやんちゃ坊主《ザ・ワイルド・コロニアル・ボーイ》』を歌っていたのよ」

ミセス・ハドンのもうひとりのおばは、財布に刺繍をするのが好きだったが、リューマチの発作のせいで、それがだんだんしづらくなった。エリーはその話を前にも聞いていたが、きょうはさらに追加情報があった。夏の数か月は苦痛が和らぐのだという。

「せめてもの幸いというべきでしょうね」ミセス・ハドンはしぶしぶ認めた。

「でしょうね」

ぼくの名前は長ったらしくて、舌を嚙みかねない、とあの人は言った。フロリアン・キルデリー。笑うと、顔がくしゃくしゃになる。微笑むだけでも、そうなるときがある。「ラスモイの人、全員と知り合いなの？」と彼は訊いた。レジの女の子が聞き耳を立てている。彼はわたしと並んで〈キャッシュ・アンド・キャリー〉を出た。

「今じゃ一族の伝説になっているの」ミセス・ハドンが言った。「百一歳でベッドの中で歌を歌うなんて、すごいでしょ」

「ええ、ほんとに」

重そうだね、と言ってあの人はわたしの買い物袋を奪うように取った。ちっとも重くはなかったのに。彼の自転車はゴールデン・イーグルというブランドだ。ハンドルバーのつけ根に鷲がついている。そういう自転車を見たことがなかったから、特別な自転車なのかなと思った。泥よけが傷んでいて、古そうに見えたけれど。

「ホーリーはアードローニーの墓地に埋葬されたの」

話の筋道がわからなくなって、エリーは曖昧にうなずき、夏の間、リューマチの症状が和らぐのはよかったですね、とごまかした。「わたしがラスモイで知っているのは、ほんのわずかな人たちだけよ」とわたしは外の日射しの中で話を続けた。「そりゃ、そうだろうね」とあの人は言い、紙巻き煙草を勧めた。

「あなたはどうなの、エリー？　元気？」ミセス・ハドンはこれから行くところがあると言って、立ち上がったところだった。

「ええ、元気ですよ」エリーは答えながら、ミセス・ハドンに気取《けど》られたかしらと思ったが、すぐに、それは彼女がいつも訊くことだと思い直した。

「それは何よりね、エリー」

エリーはミセス・ハドンと一緒に中庭に出て、狭い路肩にとめた車のところまで送っていった。

「来週は来る時間が遅くなるかも」とミセス・ハドンが言った。

車はゆっくりと後退し、ゲートから中庭に少し入って、それから向きを変えた。ミセス・ハドンはすわり直し、運転席の窓を下ろして手をふった。エリーはゲートに佇み、車の音が聞こえなくなるまでじっとしていた。路肩にはしおれたジギタリスの間にヤマニンジンがよろよろと生えている。野ネズミが飛び出して、走り去った。車のタイヤが巻き起こした土埃がようやくおさまった。

また、ラスモイであの人に行き合ったら、通りの反対側に渡ろう。話しかけられたら、先を急ぐので、と言おう。このことを神父様に告白するときには、きっと恥ずかしくてたまらないだろう。だって、ばかげたことだもの。あの人が心にはいりこんできたときに、すぐに気持ちをそらして、ほかのことを考えさえすればよかったのだ。そのときなら、それができたはず。今になって、ほかのことを考えようとしても、どうしてもできない。心の中に彼がずっと見えている。〈キャッシュ・アンド・キャリー〉の店内に立っている彼。背景には、バードのゼリー粉末の袋、マスタードの缶、サクサの食塩。何か意味をもつものであるかのように、それらの品々が心から離れない。そんな品々が担えるはずがない重大な意味を担っているかのように。自分にとって、それらの品々が元のようなありきたりな存在に戻ることはないだろう。自分が買ってきた品々——ブラウン・アンド・ポルソンのコーンスターチもリンソ洗濯洗剤も——もそうだろう。わたし自身も、とエリーは思った。元のわたしに戻ることがあるだろうか。わたしはもう、ミセス・コナルティーのお葬式に出かけた自分、生まれたときからあの日までの自分ではなく、その自分に戻ることもないだろう。「どなたのお葬式ですか?」と尋ねられた――それが始まりだった。だが、そのときはまだわかっていなかった。ミス・コナルティーに教えられて、広場にいる彼に目をやったとき、はっとしたのだ。〈キャッシュ・アンド・キャリー〉で微笑みかけられたときにも、もうわかっていた。日射しの中にふたりで立っていたときには、すでに違う自分になっていた。紙巻き煙草を勧められて断ったあのときだ。誰に見られているかわかったものではないのに、まったく平気だった。

エリーは家にはいり、農作業用の恰好を整えた。茶色い上っ張りにゴム長靴。牛乳加工場から搾乳用バケツと容器をとってきて、キッチンの流しでこすり洗いした。牛乳加工場をホースで洗い、浅い排水溝にブラシで水を落とした。バケツと容器、杓子と計量カップをコンクリートの棚に並べた。教えられた通り、ひとつひとつ正しい位置に置いた。ここに来たばかりの頃は、何もできなかった。羊の品種の見分けもつかず、卵を集めるのも鶏小屋を掃除するのも、ヤギをつなぐのも初めてだった。それまでは男の知り合いと言えば、司祭を別にすれば、女の手に余る仕事をする人たちや必要品を配達する人たちだけで、そういう人たちも、見知っているに過ぎず、それ以上のやりとりはほとんどなかった。髭を剃るときに石鹸が泡立ち、剃刀がそれをこそぎ落とすのを初めて見たときは、大いに驚いたものだった。テーブルをはさんで男と対面してすわったこともなかった。しかし、妻になる前、使用人であるうちから、何事にも慣れっ子になっていった。ベッドを共にすることだけが、妻になってから生じた新しいことだった。

姫リンゴ園では、雌鶏たちが走り回っていた。その一部は木の下に集まっていて、黒い一羽がトラクターのタイヤの近くをつついている。このタイヤは子羊のエサ入れにするために半分に割ったものだが、なぜかここにある。乾いた堅い地面には、ほとんど草一本残っていなかった。冬が来ればまた草が茂るだろう。いつもそうだ。エリーは全部で十四個の卵を拾い、ひびの入った茶色い鉢に集めた。この鉢は彼女の日常生活の一部になっている。姫リンゴ園を出るときは元通り、出入り口の戸を閉めて鎖でつくった輪を柱に通した。あの人は口を開く前にためらう癖がある。ふと目をそらし、また戻す。あの人は独特の仕種で紙巻き煙草を指にはさむ。わたしに煙草を勧めたあと、パッケージをとんとんたたいて、自分のために一本出したけれど、火はつけなかった。わたしと一緒にいる間ずっと、火をつけないまま、指にはさんでいた。

両手で鉢をもって、ゆっくりと家に戻った。キッチンで濃縮オレンジ飲料をきんきんに冷やした水で薄め、プラスティックの瓶のふちまで満たした。そして夕食の下拵えにジャガイモの皮をむき、キャベツを切ってから、夫のためのその飲み物をもって丘の牧草地に向かった。

そこは農場の端に位置する、東向きの斜面と名のない丘のてっぺんの平坦地からなる九ヘクタールの土地で、間にある雑木林によって、農場のほかの部分と切り離されている。雑木林を通り抜ける道はあるが、すぐに下生えのやぶが広がってきて、トラクターを運転して通るのが難しくなる。夏の若木が刈られて地面に散らばり、頭上の枝も鋸で切られている場所があると、夫がそこを伐採したのだとエリーにはわかる。夫はいつも、生垣バリカンを買うのはもったいないと言っている。刈らなくてはならないのは、わずか数か所の生垣と、この八百メートルばかりの通り道にはびこる下生えだけだからだ。夫はいつも、てっぺんの平らなところからの帰りに、この道を通りがてら、往きに刈り取った下生えを始末する。エリーは、これまでの夏の経験からそのことを知っていた。直径がせいぜい二・五センチぐらいの丸木の山と、夫が小枝を燃やした跡の光景が脳裏によみがえった。通り道に邪魔になるものがない状態を保つのは彼の義務ではない。彼がそのようにするのは、ギャハガンと口論したくないからだ。ギャハガンはその作業を怠る。数年前には、カバやトネリコが森の木ほども高くなっていた。

エリーはそういうことで頭をいっぱいにしようとした。雑木林を通るたびに違う部分を伐採するのが夫のやり方なので、どこに新しい焚き火のあとがあるか、その場所を予想しようとした。以前、アナグマがここに棲みついていたことがある。夫が巣穴を見せてくれた。ここでは、ほかのところにいるときほど、自分が自分自身にとって得体の知れない人間だと感じないでいられる。孤児院の子どもにありがちな空想がエスカレートしてしまっただけだ、と自分に言い聞かせ、恥を知りなさい、恥を知ることが正しいことだから、と自分に命じることもしやすい。それは自分の周りのあらゆるものが、自分に理解できる形で意味をなしているからだ。わがこととは思えない錯乱した考えが、ここではまったく意味をもたない。

ギャハガンの小さな牧草地をふちどっている道から細い近道が延びている。エリーは頭上に木が繁っていて薄暗い、その小道をたどった。この林がいつか売りに出たら、ぜひ買いたいものだ、と夫は言う。エリーはいつも、早く売りに出ればいいと願っていた。林の中は静まり返り、鳥もいない。キツネがまれに現れるが、すぐに、小道の両側の土手のいずれかの穴に隠れる。丘の斜面が始まるところまで小道は続いている。神の平和――クルーンヒルのシスターたちなら、そう言ったことだろう。シスター・クレアやシスター・アンブローズ、そしてテンプルロスからときおりおいでになる女子修道院院長様なら。神はいつもあなたのために、そばにいてくださいます。あなたがどこにいても、あなたがどんなふうであっても。あなたの一日の一刻一刻に、あなたの人生の一刻一刻に。あなたを慰めるために、あなたの肩から罪の重荷を取り除くために、そばにいてくださいます。ただ、告白すればよいのです。心から悔い改めて神にお話しすればよいのです。神はそれ以上のことはお求めになりません。

急ごうとは思わず、雑木林の中をゆっくり歩きながら、次から次へと浮かんでくる思い出をたぐり寄せた。クルーンヒルは今はもうない。三年前に閉鎖され、シスターたちはテンプルロスの女子修道院に戻った。でも今はもうないからと言って、ある場所とのつながりが断たれるわけではない。その場所の一部だったときの自分自身のあり方、自分の子ども時代、その当時の自分の素朴さとのつながりはなくならない。そのことはかつてよく聞かされたことだ。そして今でも、シスター・アンブローズが送ってくれるクリスマスカードにはさまれた手紙の中にそう書いてある。

　日射しが戻ってきた。木々の間から入ってくる光がちらちらする。キツネのねぐらを守っている両側の分厚い土手にはみっしり草が生えていて、何かの生き物が草を食べたあとがあるものの、せいぜい一個体を養えるだけの栄養しかないだろう。土手はやがてなくなり、そのあたりではキンポウゲの長い巻きひげが切り落とされている。トラクターのタイヤのあとはここにはない。丘の斜面の放牧地へのゲートが開いている。エリーはしばし佇んだ。告白する勇気が出るように祈りながら、自分の思いから守ってもらえることを願いながら。歩きはじめると、テンプルロスの老司祭が仕切りの格子を軽く叩きながら、もっと大きな声で言いなさい、と促したのを思い出した。〈めでたし、天主の御母聖マリア、われらのために祈り給え〉。なんにせよ、告白すると気分が楽になるものだ。

　立っている場所からはるか下に、遠く小さく自分たちの家が見える。中庭といくつもの家畜小屋が付随しているその家は、孤立しているように見えた。人が来ることはあまりない。卵とバターミルクを買いに来る人のほかは、一年に一度、土曜の午後にシンローンから夫の身内がやってくる。あとは来客のうちに入らない郵便配達人や保険会社の人、人工授精技師や電気のメーターの検針係ぐらいだ。コリガン家のトラクターが通るときと、ギャハガンが迷子になった家畜を探している場合を除いて、道路を走る車もない。クルーンヒルのシスターたちは、この農場について説明したときに「静か」という言葉を使った。「とても静かなところよ」と。決まった仕事着を着るように言われるかもしれない、とシスターたちは言った。でも、結局、そういうふうに言われたことはなかった。〈シスター《せんせい》が考えていらっしゃるのとは大分ちがいます〉とエリーはシスター・アンブローズ宛てに書いた最初の手紙に記した。〈もっと気楽な感じです〉

「やあ、ありがとう」声が聞こえる距離までエリーが近づくと、夫はそう言った。そして、エリーがさらにそばに寄ると、飲み物に手を伸ばした。ちょっと手を入れただけだ、と夫は言った。二、三か所、針金がなくなっているところがあったぐらいで、川沿いの土地とは大違いだ、と。一年のこの時期の数週間、彼は毎日丘に登り、草を刈っては、刈ったばかりの草をひっくり返す。そしてその傍ら、丘のてっぺんのフェンスを修理する。

「ありがとう」夫はくり返して言うと、瓶を脇に置いて仕事に戻った。針金を張って金具で留め、ペンチを使って絡ませていく。二頭の犬はエリーに挨拶したあと、横たわるために選んだ場所にさりげなく戻った。

「ミセス・ハドンが来たわ」とエリーは言った。

＊

ディラハンはさらに二時間ばかり作業をしたあと、帰りがてらギャハガンを探した。欲しい土地について、買いたいという申し出はすでにしていて、ギャハガンからは考えてみようという返事を聞いていた。だが、トラックは中庭になく、声をかけても返事がなかった。十五年前に妻を亡くしたギャハガンは農場の手伝いも雇わず、一人暮らしだ。どこにいるかわからないことがよくある。

ディラハンは家路をたどった。途中で車を降りてゲートを開き、犬をおろした。犬たちは毎夕、自分たちだけで牛を駆り立て小屋に戻せるようになっている。

7

食品庫を改造した暗室で、フロリアン・キルデリーはラスモイで撮った写真を現像し、応接間にもっていった。応接間はがらんとしていて、組み立て式テーブルとラジオ兼用レコードプレーヤーのほかは何もない。このふたつは、以前父が売ろうとしたものの、買い手が見つけられなかったのだ。画鋲で壁に張ってあるのは数枚の水彩写生画で、何年もずっとそこにある。飛んでいるハヤブサのさまざまな姿。泳いでいる人も配した水辺のピクニック風景。庭園でテニスをしている情景。空っぽの劇場で身を寄せ合って会話している男女のふたりの役者。葉の繁ったユリノキとそれを半ば隠す青い家。洗濯物を取りこむ少女。街角に広げたパラソルの下で、カードを三枚伏せてクイーンを当てさせる賭博をやっている情景。

水彩画は元の瑞々しさや鮮やかさを失っていた。紙は波打ち、蠅の糞のしみがつき、日に焼けて、画鋲のさびが移っている。それでも、それらの絵がもっていたまばゆいほどの輝きの名残は、組み立て式テーブルの上に並べたばかりの写真を圧倒していた。今回も彼のカメラが、災厄のもたらした寂寞《せきばく》を心の琴線に触れる形でとらえることができなかったのは明らかだった。そして、フロリアンは安堵に似た気持ちで、それらの写真をすでにある写真の山の上に載せた。

写真を抱えて庭の焚き火に向かったとき、呼び鈴が鳴って、足を止めた。誰が来たのかはわかっていた。玄関ホールの片方の壁に寄せて本が積み上げてあるのは、業者に見せるためだった。その業者が約束した時間にやってきたのだ。フロリアンの知らない男で、物腰に落ち着きがなく、茶色い縞のスーツを着て、黒い口髭を細く生やしている。帽子を取らず、かぶったままだった。男は何度も首をふりながら、気が乗らないようすで本をざっと見ると、「『剃刀の刃』ねえ。こういうのは、当節、あまり読まれないんですよ」とだけ言った。

「ぼくなら読みたいですけど」フロリアンは穏やかに反論した。

本を燃やす気にはなれなかった。ミス・ハヴィシャムやミスター・ヴァーロックやゲイブリエル・コンロイやエドワード・アシュバーナムやヒースクリフと初めて出会ったページ、ネザーフィールド荘園《パーク》やバーチェスターを初めてかいまみたページを、あっさりと灰にしてしまう気にはなれなかった。

「ぼくは感傷的な読み手なんでしょうね」と彼は不本意ながら認めた。

「一括処分、ということでいいですか？」

「結構です。車に運ぶのを手伝いますよ」

フロリアンは数冊の本を手元に戻した。家が売れるまでの間に再読しようと思ったのだ。家の売買の話がまとまるには、ひと夏かかるだろう。

「家を空にするのは、なかなか大変でしょう」と相手が言った。

「ええ、そのとおりです」

ささやかな金銭のやりとりが終わり、再びひとりになったフロリアンはレコードをかけた。針が横滑りしてダンス曲のメロディーが中断し、また戻ってきた。女性歌手のかすれた声。フロリアンは音量をあげ、応接間の窓のひとつをあけた。組み立て式テーブルの上にあった『美しき者と呪われし者』を手に取った。庭に出る彼のあとをジェシーがついてきた。

「また恋に落ちたの《フォーリング・イン・ラブ・アゲイン》」庭でも女は歌っていた。フロリアンは芝生に寝転がり、犬はその傍らに長々と寝そべった。野生のマメのつるがヒイラギナンテンとフクシャに絡まりあって伸び、下生えの中からシャクヤクが突き出ている。フロリアンは煙草に火をつけ、恋歌の続きを聞くともなく聞きながら、自分の逃れていく先はスカンジナビアがいいかもしれないと思った。

それはたった今、思いついたことではなかった。かねがねスカンジナビアのことを想像していた。ごちゃついていない、きちんとしたスカンジナビア。スウェーデンの建築物、ノルウェーの風景、冬のフィンランド。片田舎の町にいる自分を思い描いたものだった。それを今、思い出した。整然たる四角い広場を囲んで軒を並べている家々、教会の木造の塔。その町に自分の部屋がある。陰鬱な古いホテルの中に。

音楽がやんだ。何も音の入っていない、レコードの真ん中近くを針がこする音はとても小さく、ほとんどゼロに等しい。まだ頭の中で逃亡先の町に住んでいるフロリアンは、短くなった煙草を芝生に押しつけて揉み消した。日はあっと言う間に沈み、夕闇が濃くなっていく。フロリアンが起き上がると、ジェシーもよろよろと立ち上がり、彼に従って応接間に戻った。フロリアンはレコードプレーヤーの針をもちあげた。そして、ソーセージを焼きはじめた。

ラスモイであの若い娘に話しかけたのは、また見かけたのが嬉しくてそうしたくなったからだ。彼が探しているもののある棚に連れていってくれたときの彼女の物言いは、穏やかで、はにかんでいて、せかせかしてなくて、つまり田舎風だった。目が灰色がかった青だということに、彼はそのとき初めて気づいた。話しているうちに、清らかで端正な面差しにどんどん惹かれていった。

ソーセージが焼けると、フロリアンは自分の食事とジェシーの食べ物をもって庭に戻った。空気に甘い香りがこもっていた。この季節のこの時間にはそういうことがよくある。まだ黙りこんではいないけれど、鳥たちはさっきより静かになった。夏の夜には、庭でうっかり眠りこんで、夜露に濡れて目を覚ますことがときおりある。でも、今夜はそうはならないとわかっていた。〈彼女は軽いコートを着て、風変わりな魅力のある、灰色がかった青のナポレオンハットを頭に載せた〉という文章をフロリアンはベッドの中で読んだ。〈そして、ふたりは通りを歩いて動物園に入った。そして、その場にふさわしく、ゾウの巨大さやキリンの首の長さに感嘆の声をあげた。だが、サルの檻には行かなかった。グロリアがサルはにおいがひどいと言ったからだ〉。

数時間後、フロリアンは動物園の夢を見た。巨大なゾウとグロリアの帽子も夢に出てきた。だが、夢のグロリアはグロリアではなかった。彼のイタリア人のいとこ、イザベラであり、それから、ラスモイのあの娘《こ》になった。「蘭の花のようにかぐわしい」というのは、イザベラが初めてシェルハナに来たときに、フロリアンの父が言った言葉だ。だが、夢の中で父がそう言ったのは、ラスモイのあの娘《こ》のことだった。

ほかの夢もいくつか見た。だが、それらは暗闇の中に溶けて忘れ去られた。夜明け前に目が覚めたとき、父の声がまだ耳に残っていた。その声は、あの娘《こ》のことだよ、と言った。母はあっさりした、いつもの言い方で、毎朝、湖に来る鳥はカンムリアマサギよ、と教えた。そして、シューベルトの曲を弾くピアノの音がどこからか聞こえていた。

フロリアンはもう一度、眠ろうとした。夢の続きが見たかった。それは子どもの頃、しょっちゅう試みたが一度も成功しなかったことだ。犬は寝室の外の、階段の降り口のそばですやすやと眠っている。夢の細かい部分がぼやけ、そして消えた。

この家でピアノを弾いたのは、イザベラだけだった。そのピアノも一週間前に、この家から運び出された。イザベラは毎夏、ジェノバからここに送りこまれた。英語に磨きをかけるため、という名目だったが、シェルハナでは、彼女は誰にもひけをとらない見事な英語を話すと誰もが認めていた。彼女はいつも七月にやってきた。最初の頃はまだ子どもだった。フロリアンより年下だが、大して違わない。フロリアンは自分だけの世界に入ってこられることに警戒心をもち、憤慨した。だが、成長するに従って、ふたりの距離は縮まり、フロリアンもイザベラもお互いに対して、それまでほかの誰にももったことのない仲間意識を感じた。イザベラはフロリアンと違って自信に満ち、知識豊富で、彼を小馬鹿にするところがあった。「ネラスアメンテ、チェユナグランコンフュジオネ」と、よく独り言のようにつぶやいた。彼の頭はひどくこんがらかっている、という意味だと教えられて、フロリアンは肩をすくめた。自分が混乱しているのはよくわかっていたし、その頃までには、イザベラに何もかも打ち明けていたから、そう言われても仕方がないと思っていた。イザベラは彼の心から孤独の重荷を取り去り、彼がかつて、彼女の好奇心から守っていた秘密を共有した。「すてき！《メラヴィリオーゾ》」とイザベラが叫んだのは、フロリアンが寄宿学校にいた時期の冬の夜、そこから抜け出しては、通りを行く人々のあとについて歩きながら、得体の知れない黒い人影のひとつひとつの正体についてくりひろげた空想を打ち明けたときだった。フロリアンが目をつけた人たちは皆、自分の犯罪の現場から急いで遠ざかろうとしている。すりとった札入れやがま口を携えているスリ、横領した金を服の下に隠している銀行員、こそ泥、黙りこくった強盗犯。その不気味な人影が玄関に立ち、鍵を取り出す。やがてカーテンが閉められ、灯りがつく。恐喝者は脅迫状を書く。万引き犯は盗んだ材料で夕食をつくる。追い詰められた娘たちの救い手である看護婦は、手術器具を洗浄する。麻薬の売人は夢の素《もと》を袋詰めする。殺人者は手を洗う。「最高！《マニフィコ》」とイザベラは叫んだ。

イザベラのほうは現実世界をもちこんだ。チェーザレ、エンリコ、バルトロメオ、ジョヴァンニ。やってくるたびに、新たなスナップ写真が壁に張られた。そして夜会服姿のピエトロ・パロッタ。彼女が遠くから慕っていた人だ。それからイタリア信用銀行のシニョール・カネパチ。彼らが彼女の心を引き裂いたか、彼女が彼らの心を引き裂いたかして、彼らは通り過ぎた。だが、フロリアンは彼女の友だちであり、ずっとそうであるはずだった。「あなたとなら、ほんとの自分でいられるわ」イザベラは彼に対する賛辞としてそう言った。わたしたちはひとつのものが分かれた半分ともう半分なの、としばしば言った。彼女がイタリア語で言ったその言葉には、翻訳すると失われてしまう優雅なニュアンスがあった。フロリアンにはわかっていた。彼女の言うとおり、ぼくらは補い合う存在だ、と。

早朝の薄闇がだんだん明るくなった。フロリアンは再び眠りに落ち、また夢を見たが、目覚めたときには忘れていた。いつからイザベラを愛するようになったのかがわからなくて、きっと初めて会ったときからだろう、と思うことがよくある。「わたしたち、ここにいてもいいのよ」と、イザベラはよく言ったものだった。ここというのはシェルハナのことで、将来についての話だった。けれども、イザベラにとって、そこに愛は関係していなかった。だから、フロリアンの心の中には、ほかの娘たちもいた。ほど近いところに住む、器量よしのローズ・マリー・ダールティー。キャッスルドラマンドの薬屋の女店員、駅長の娘のノーリン・ファヒー。『誰が為に鐘は鳴る』のイングリッド・バーグマン。異性との関係では大したことは起こらなかったが、起こったことは常にイザベラと関係がある――いずれも、イザベラのことを忘れるための空しいあがきだった。家を売りに出すという助言を受け入れたときに、彼女に手紙を書いた。だが、玄関ホールの床に落ちる郵便物は、いつも茶色い封筒ばかりで、その中に、彼女のか細い筆跡で書かれた返信がまじっていることはなかった。

けさも、それはなかった。その代わりに不動産屋が、家を買ってくれるかも知れない人たちの訪問予定を知らせてきた。きょうの二時半と四時と五時。〈わたくしどもはこの好感触を喜び、迅速に売却できるものと確信しております〉というのが通知の結びだった。

朝食後、フロリアンは焚き火の熾《おき》をかきたて、新たに見つけた写真や情けない成績表、父の日記、雑誌やグリーティングカードの包みなどを火にくべた。写真は黒くて細い切れ端になり、舞い上がって、グミやヒイラギナンテンにまつわりついた。フロリアンは背板が折れたり脚が欠けたりした椅子を燃やし、その上に、母が蒐集したイタリア美術の絵葉書をばらまいた。それは名画をモノクロで印刷したもので、靴箱五つ分もあり、それぞれ違った筆跡で挨拶の言葉が書かれ、どれも切手が貼られ、消印が押されている。寄せ集めのセットで売っているのをどこかで見つけたのだろう。フロリアンは足元に落ちた数枚を拾って火に投げ入れた。そのあとで、近くの芝生に落ちてそのままになっている一枚に気づいた。ひとりの修道士が聖女に祈りを捧げる図で、聖女の喉には短剣が突き刺さったままだ。その傷からは血が出ていない。清らかな面差しは、この試練にまったく影響されていない。「サンタ・ルチア」フロリアンは声に出して読んだ。そして思った。これを見てラスモイで話をしたあの娘《こ》を思い出すなんて、われながら逞しい想像力だ、と。

8

一日また一日と過ぎていき、一週間経った。暖かな六月は暑い七月に席を譲った。すでに地面はからからに乾き、草も緑ではなくなった。ラスモイの街路には埃が舞い、側溝に落ちたゴミは雨に流されることなく、そこにとどまった。

月が変わってからそんなに日が経っていない、ある木曜の朝、ジョゼフ・ポール・コナルティーはダリアとアスパラガスファーンの花束を手にして町を歩いていた。母が死んでから、毎週一度そうするのが彼の習慣になっていた。母の墓に供えた花がしおれているようなことがあってはならない、と彼は考えていた。アスパラガスファーンは花に合わせる緑のものとして必ず用いた。花はそのときどきにカドガン野菜生花店で手に入るものから選ぶ。

墓ではガラス容器の水を新しくし、そこに入っていた花を墓地に備えつけられている金網のごみ箱に捨てる。花はもう二、三日、ひょっとするともう一週間もったかもしれない。だが、彼はカドガンの店で花を買い、墓地まで歩いていき、水を替え、新しい花を活けるまでの一部始終を毎回、母が見ているという考えを一笑に付すことができないので、危険を冒すつもりはない。一度、墓地にいたときに、母がささやくような小さな声で、ありがとう、と言うのを聞いたような気がするのだ。だが、パブ経営者として、石炭商人として事業に従事し、返すべき借金を返し、経費をきちんと払う実務的な人間であるから、それは何かほかの音が自分の頭の中で変換されて、実際はそうではないのに一瞬、母の声のように聞こえたのだろうと考えている。ありそうなことについて自分自身で定めた限界があり、堅固な信仰やそれに関連するさまざまな信念も、その限界を超えることはない。

ジョゼフ・ポールは墓地を去り、パブの奥に戻った。ここが彼の経済活動の中心だ。三十分後には、石炭貯蔵所のバーナデット・オキーフが、署名が必要な小切手や、すでに二、三度出しているのに返事のない送り状の写し、そして朝配達された郵便物の中に重要そうなものがあればそれも携えてやってくるだろう。広場四番の宿泊施設に関係する請求書は速やかに記帳され、処理される。一週間に一度、金曜の夜にジョゼフ・ポールはレジの引き出しから金を出す。その金額は母の生前に母と相談して決めた額で、今は姉に渡す。その紙幣と小銭を、彼は厨房の窓台に置いておく。昔からそうして来た。

蠅が一匹、天井を動き回っていた。ジョゼフ・ポールは待っている間、ぼんやりと蠅を眺めていた。彼は一匹の蠅も殺したことがなかった。それはどうしてもできないことだった。自分のために、グラスにセブンアップをついだ。一日のこの時間にセブンアップを飲むと元気が出るのだ。彼は蠅の観察を続けた。うろうろしているだけのように見えても、こいつはこいつなりに自分の決めた仕事をしているのだろう。

＊

その朝、バーナデット・オキーフは段取りが遅れていた。石炭貯蔵所を出たのがいつもより数分遅かった上に、オープン・レンにしつこくまつわりつかれたのだ。彼はキセイン宝飾品店の店先で彼女が通りかかるのを待っていた。

「先程から石炭、石炭とおっしゃっているのは、何のお話でしょうか」会話の中身はゼロだと知りながら、バーナデットは尋ねた。

「いつもどおりの注文ですよ。石炭貯蔵所にはもう、冬のための石炭が入ってきているのでしょう？」

「まだ七月ですよ、ミスター・レン」

「屋敷では、九月に暖炉の火を入れますからな」

「どちらのお屋敷のことをおっしゃっているのでしょうか？」バーナデットは重ねて尋ねた。この問いに対する答えも知っている。

「ジョージ・アンソニー様がお戻りになったんですよ。リスクィンの屋敷に活気が戻ったんです、昔のように。ジョージ・アンソニー様が戻ってこられたのはご存じでしょうな？」

「存じませんでした」

「忘れずに、予約注文のリストに入れておいていただきたい」

「かしこまりました、ミスター・レン」

細かい斑点のあるチェリーレッドのツーピースに身を包んだ垢抜けた金髪女性、バーナデットは先を急いだ。彼女は四十六歳、雇い主より若い。ということは雇い主の双子の姉よりも若い。雇い主の姉はバーナデットに出くわすと、尊大な態度をとる。そして、バーナデットにとっては顔を合わせる機会が多すぎた。雇い主の姉の尊大さは母親譲りだが、本人はそれを自覚していないに違いない。気づいていたら流儀を変えるだろう。バーナデットの考えでは、雇い主の姉は陰険な女だ。

バーナデットはパブに入っていき、街路側に長く伸びているバーを通り抜けた。今は誰も、ここで客の応接をしてはいなかった。端に飲み客がふたりいた。毎朝、ここに来る男たちで、バーナデットが入っていっても決して挨拶の声をかけないし、そばを通っても話しかけない。バーナデットは名前を知らないいし、知りたいとも思わない。

「おはようございます」バーナデットは奥のバーに入って挨拶した。彼女の雇い主が小さな丸テーブルから立ち上がった。この丸テーブルは彼らが仕事に使うものだ。テーブルに向かって腰を下ろしたバーナデットに、雇い主がセブンアップをついでくれた。

ふたりきりだった。バーナデットが来る時間に誰かほかの人が奥のバーにいることはない。もう少し遅い時間でも同じで、夜になってもまだ、通りに面したバーのほうが好まれる。その頃には聖職者たちがよく奥のバーを訪れる。ミスター・マガヴァンも便利なのでこちらに来るし、裁判所に勤めるフォガティーも、誰か遊ぶ相手がいれば、トランプのゲームをしにくる。

バーナデットはもってきた書類を並べた。署名をもらう小切手は脇にまとめた。ずっと前から続いている朝の習わしが始まる。まずはセブンアップ、そして雇い主のボールペンのキャップが外され、彼の署名が記されるのを見つめる。彼が何者であるかを自ら宣言するその署名はすみずみまで神経が行き届き、端正そのものだ。節度を重んじ、声を荒げることも怒りを露《あらわ》にすることもない彼自身のように。何かを失うことを自分自身に許さないから、彼は何も失わない。バーナデットは彼を愛している。

「ヘネシーの在庫が少なくなっている」と彼は言った。

「電話します」

メモを取る必要はない。バーナデットは決して忘れない。ゆうべミラン神父がやってきた、と彼は言った。記念庭園のことで、ちょっと厄介なことが起こっている。あてにしていた土地の上に昔からの通行権による通り道があり、スムーズに買収できそうにないというのだ。

「その話でしたら、耳にしました」

「ミラン神父は記念庭園をやめてステンドグラスにしてはどうかと気を変えられた。どうやら、北側の壁面の何の絵もない三枚の窓に受胎告知の絵柄があったらいいと、かねがね考えておられたらしい」

「でも、ミス・コナルティーはそれについてどうお考えなんでしょうか?」

「乗り気ではない」

「受胎告知のステンドグラスができたら、すてきでしょうね」

「墓地のフェンスに破れ目があって、マゴーティーの去勢牛が入ってくる。姉はうちの金でフェンスを直したらいいんじゃないかと言っている」

「お母様を記念して、ですか?」

「あのとおり、姉は思ったことをずばずば言う人だから」

「それにしても、フェンスじゃ、ぱっとしませんね。金網のフェンスでしょう? わたしはそもそも、フェンスがあることに気づいていませんでした」

「コンクリートの柱の間に金網が張ってある」

「お母様は実際的な方でしたね。ミス・コナルティーはそれを考えていらっしゃるんでしょう」

「ああ、もちろん、町のみんなのご先祖の墓を牛に押し倒させるわけにはいかない。それは言うまでもないことだ。当然のこととして、フェンスは修理する必要がある。だが、どうやら司教も北側の壁面が立派になったところをご覧になりたいらしい。そういうわけで、ミラン神父が姉と話をすることになっている」

司祭から話をしてもらうのが問題解決の道だろう、というのは、バーナデットも同意見だった。「姉は思いこみが激しいたちで」とジョゼフ・ポールは言った。「つい最近も、葬儀で写真を撮りまくっている男がいた、と言ってきかないんだ」

バーナデットは、写真を撮っているところを自分の目で見たし、あとでその件が非難をこめて語られるのも耳にした。その上、同じ男が、自分がいないときに石炭貯蔵所に来て、コロシアムの写真を撮るために鍵を借りたということも知らされていた。けれども、ミス・コナルティーがありもしないことを信じこむという彼の意見に賛同した。バーナデットは雇い主が紹介状に目を通すのを見守った。それは石炭貯蔵所の仕事に応募してきた人が提出したもので、今朝、配達されたのだった。彼は満足げにうなずき、紹介状を折りたたんで封筒に戻した。そしてこの有益な情報を提供してくれた人に礼状を書いてくれ、と言った。

「それなら、もう書きました」とバーナデットは署名をもらうために、自分が書いた手紙を取り出した。その手紙に手を伸ばしたために彼の体が少し動いた。バーナデットは自分のふくらはぎに、彼のズボンの折り返しが触れているのを、束の間意識した。だが、はずみでそうなっただけだとわかっていた。

「これで万事、滞りなくきちんと処理されたね」と雇い主が言った。朝の打ち合わせの締めくくりに、いつも口にする言葉だ。

＊

石炭貯蔵所に戻る途中のバーナデット・オキーフとまたひとしきり話をしたオープン・レンは、しばらくキセイン宝飾品店の店先にとどまったのち、郵便局に向かった。郵便局ではジョージ・アンソニーのことを訊いた。こちらに戻ってきてから郵便局に姿を見せたかどうか確かめたのだ。女性職員が首をふった。それでオープン・レンは、キャッシェル通りの理髪店でもアイルランド通りの美容室でも同じことを尋ねた。マガヴァンの店でも訊いた。それから広場にすわりこんだ。

いつも持ち歩いている書類を傍らに広げ、皺を伸ばしてそこに書かれていることを読んだ。ひたすら歩き回ったこの長い年月の間、彼は毎日、書類の中身を読んでは、深くうなずき、自分の内なる声に励まされてきた。きょうも、こうして身を休めている間に自信が戻ってきた。

ジョージ・アンソニー様はリスクィンで忙しく過ごしておられるのだろう。そりゃそうだろう。御一族全員、てんてこまいに違いない。そうでないはずがあるものか。煙突にはミヤマガラスが巣をつくり、窓は開けにくくなり、錠前は錆びついているだろう。大きな屋敷が再び動き出すには、ひと月以上、いやふた月、いや三月以上かかっても不思議じゃない。わたしは書類をいつでもお返しできるようにしておきさえすればいい。いずれ、部屋部屋の空気が入れ替わり、不用心になっていた箇所の窓格子が取り替えられ、煙突が掃除され、ペンキ屋が入って仕事を済ませ、お屋敷の方たちの忙しさが一段落するときが来るだろう。そうなったら、ジョージ・アンソニー様だってこの書類を受け取って、本来しまわれているべき引き出しの中に戻す時間ができるだろう。いずれ、町にも来られるだろう。事務弁護士に助言を求めたり、歯を抜いたり、散髪したり、いろいろ用事があるだろうから。仕立て屋に採寸してもらったり、安全に保管してもらっていた貴重品を受け取ったりするかもしれない。食料品の注文だってするだろう。オープン・レンには、待つことは少しも苦でなかった。

9

同じ日の午後、ミス・コナルティーはシチューを作るために牛肉の下拵えをした。塊肉から脂肪や腱を取り除いたあと、長方形の小片に切り、小麦粉をまぶして大皿に並べておいて、人参と玉葱を賽の目に切る。それから肉を炒めて両面に焦げ色をつけ、野菜の入っている片手鍋に落とす。そこへさらに熱湯を注ぎ、塩と粉末グレービーを加えて蓋をした。それから流しでまな板をこすり、ボウルやナイフを洗った。片手鍋の蓋がかたかたと音をたてはじめると、火力を弱めた。

今は四時半。七時までには肉は柔らかくなる——許容範囲の柔らかさになるだろう。いつもどおり、夕食は七時に供される。あの死のあと、館は正常に戻りつつある。変化と言えば、ミス・コナルティーが通いの女中と一緒に厨房で食事をとり、弟はひとりで、または泊り客たちとともに食堂で食べるようになったことだ。以前は、母が家族室と呼んでいた部屋で親子三人が食事をとった。厨房に隣接するその部屋は、とても狭くて散らかっていて、料理をもってテーブルの周りを移動するにも窮屈だった。今後はそこを貯蔵庫にすることに決め、すでにマントルピースやテーブルそのものの上に缶詰が積んである。このほうがよっぽど賢明なやり方に思われる。このやり方をミス・コナルティーはくり返し提案してきたが、そのたびに無視されたのだった。

あとでオーブンに入れるために、平皿と深皿を用意した。からしを溶き、塩入れを満たす。夏季休暇で出かけたガハリーはまだ戻っていないが、クローバー精肉会社のセールスマンが到着する予定だ。ドラマンド種子会社の人も来る。そのほかには客は来ないのではないだろうか。ナイフとフォークを数えて食卓に並べ、水差しとグラスも置く。それからミス・コナルティーは、毎日この時間にするように、厨房を離れ、階段を昇った。そして、今や自分のものになった寝室に入った。家じゅうで一番広くて風通しのよい部屋、朝日が一番よくはいる部屋だ。

玉葱のにおいが服にしみついているといけないので、オーデコロンを肌につけた。鏡台に向かって髪にピンを挿し、鼻筋と頬におしろいをはたいた。母の死の数日後、彼女はこの部屋に移ってきた。元いたのはこれより小さな寝室で、そこはかつてアーサー・テトロウを迎えた場所でもある。彼は獣医が必要とする品々を扱うセールスマンだった。イングランドのシェフィールドで所帯をもっていて、その結婚生活から脱け出せないでいた。最後にこの館に滞在したときにすでに予兆が見えていた戦争が始まると、彼は出征した。彼女はそのことを知っていた。やがて平和が訪れると、希望を抱いた。彼はまた、かつて何度もしたように、車で広場にやってくるだろう。あの緑色のイングランドナンバーのフォード車で――後ろの窓のセルロイドがテープで補修されているあの車――に乗って。そして顔を上げてわたしに気づくと、急ぎ足で館に入ってくるだろう、と。けれど、その希望は実現せず、アーサー・テトロウは戦争の中に消えた。彼が本気でした約束も、ふたりが語り合った未来も、彼とともに消えた。戦争にのみこまれるとき、人は抗うことができない。

その頃に思いを馳せながら、ミス・コナルティーはビロードの小箱のクッションから、今夜のために選んだものをつまみ上げた。サファイアの耳飾りだ。両方の耳たぶから、穴が塞がるのを防ぐためにつけているリングを外し、輝く青い房飾りをつけた。この夏、午後に自分の身を飾ることが、彼女にとってひとつの儀式になった。そしてその儀式の最後にはいつも、オーデコロンをもう一度つけ、リップクリームをもうひと塗りする。すべてを終えたあと、彼女はしばし留まって、鏡に映った自分を見つめた。何の感情もわいてこない。ひとつひとつの品を鏡台の上の定位置に戻し、耳飾りを一番上の浅い引き出しにしまった。

階下に向かう途中で、窓から広場を見下ろした。あの人が自分の国のために戦う必要がなく、また会いに来てくれたなら、この窓にわたしの姿を見出しただろうに、と思いながら。「くだらない」と母は吐き捨てるように言った。あの男は、売女のかみさんのところに戻っていったにきまってる。あんなやつは売女しか、かみさんにできないだろうから、と母は嘲った。

母はシーツを燃やした。庭をはくように言いつけて通いの女中を外に出し、ベッドからはぎ取ったシーツを階下におろして、レンジにくべた。涙ながらに申し開きをして、アーサー・テトロウは嘘をつかない、彼はシェフィールドの妻と別れて必ずここに戻ってくると話す娘に、母は侮蔑の言葉を浴びせかけた。邪《よこしま》な欲望を抱いたおまえたちふたりには罰があたるよ。ふたりとも一生苦しむんだ。一族に降りかかった忌まわしい不運は決して去らず、忌まわしい結果をもたらす、と母は予言した。

「あんたの娘はあばずれよ」母は、パブの奥のバーから帰ってきた父に、頭ごなしに言った。シーツを燃やした焦げ臭いにおいが、まだ漂っていた。そして知りたくもないが知らずには済まされないことを告げられた父は、シェフィールドに行って、アーサー・テトロウをつかまえ、ぶっ殺してやると誓った。

けれど、そうする代わりに父は、娘を連れてダブリン行きのバスに乗った。ロスクレイやモナストラヴィンを通過し、平原《カラ》を越える間ずっと、父は娘の手を握ったままだった。バスがネイスで停車したとき、娘は外に出て吐かなくてはならなかった。ダブリンのオコンネル橋の上で、ひとりの男が父のところに来て、旦那、ご機嫌はいかがですかい、と尋ねた。父は、機嫌がいいわけがないのに、いい気分だよと答えた。父は男に硬貨を与えた。物乞いには常になにがしかの物を与えることにしていたからだ。横たわったらすぐに祈りなさい、と父は娘に言った。何かされる前に、と。

父が娘を連れていった先は薬局で、そこの人たちは事を始める前に店を閉めた。ドアにかけた営業中の札をひっくり返し、目隠しをおろして窓のガラスを覆った。父は店の中で待っているように言われた。やがて奥の部屋から出てきた娘に、お茶を飲もうと父は言った。親子はアデルフィーシネマのラウンジで紅茶を飲んだ。車を頼んで、波止場まで送ってもらい、そこでまたバスに乗った。十時半頃だったろうか、家に戻ると、母は父を人殺しと呼んだ。屋根裏部屋のひとつに父のための寝床がしつらえてあった。父はその夜、そこで眠り、そののちも、ずっとそうした。母と父の間では、それ以上の話は何も交わされなかった。

ミス・コナルティーにとって、その日の出来事は今も遠のいていない。亡き母に対する彼女の酷薄さは、その日の出来事を保存するための儀式だ。苦痛の時は過ぎ去った。だが、そうではないと思いたい。ずっと残っていくものがあってほしい。身じろぎや震えや、自分の怒りのうちのいまだ宥《なだ》められていない部分はいつまでも消えないでほしい、と彼女は願っている。

10

みんながみんな同じ質問をする。排水設備について尋ね、屋根裏を歩き回る。土壌はアルカリ性かと訊き、電気の配線についていぶかしがり、窓のたてつけが悪いことに気づく。ミズハタネズミを怖がる人もいる。家の前で方向転換して走り去る車もある。

フロリアンはキッチンの窓際に、焚き火にくべなかった絵葉書を立てかけた。絵はドメニコ・ギルランダイヨの作品で、宛先はイングランドのチェルトナムのパドックス21番地、ミス・メイベル・シン。「神々しい青空です。この街も天国みたい」と書いてあるのが読める。セピア色に変わっていても、その絵にはギルランダイヨの描いた清らかさの名残があった。似ていると思うのは想像力過剰だと、いったんは自分に言い聞かせた聖ルチアの絵だが、どうしても似ている気がしてならなかった。家を見に来る人々が応接間の殺伐としたようすに驚きを隠さず、こちらが答えられないような問いばかり発するのに嫌気がさしたフロリアンは、ある朝、またラスモイを訪れた。

＊

「できてますよ」ミスター・クランシーは言った。細身だが筋肉質の体つきの、いつもせかせかしている人で、会話が途切れるのをいやがる。「ちょっと待っててくださいね」

靴底の張り替えや踵《かかと》の取り替え、あるいはその両方が済んで、新しい靴紐が通され、磨きをかけられて客に返す用意のできた靴が、棚の上にずらりと並んでいる。そして棚の下には、これから手を加えなくてはならない靴がごちゃごちゃに置いてある。どの靴にも名札はついておらず、未払い金についてのメモもない。すべてミスター・クランシーの頭の中に入っているのだ。

「旦那さんは、お変わりないかな？」両方の踵をつけ替えたディラハンの教会行き用の靴を見つけ出して、彼は尋ねた。

「ええ、元気にしています」

「で、奥さん、あなたのほうは？」

「わたしも元気ですよ」

みんなエリーが身ごもるのを待っている。商店や司祭館の人たち、生前のミセス・コナルティー、そして今はその娘のミス・コナルティー。毛糸売場のミス・バークはよく、エリーをちらりと盗み見る。少数ながら、期待するのをやめた人もいて、エリー自身、そのひとりだった。

エリーは修理代を渡した。革がほとんど傷んでいないから、この靴は旦那さんより長持ちするだろう、とミスター・クランシーは予言した。続けて、今時はもうこんな靴はつくられていない、と言いながら、靴を片方ずつさっとこすり、カウンターの上に揃えて置いた。

「つり銭を取ってきます」と彼は言った。

だが、店には小銭がなかった。エリーはマシュー通りの商店街で崩そうと、十シリング札を手に外に出た。

＊

どうしてそれがそこに存在するのかわからぬまま、フロリアンはすでに自分の両手が支えている、きちんと束ねられた書類に目を落とした。〈女王陛下のスループ型帆船、サーパント号は外国への渡航のために設計されしものにつき、当局の指示により、貴下は同船に上記の目的にふさわしい兵器の装備の追加分を供給すべし〉

「興味深いですね」

通りを歩いていて、不意に小さな人影にすり寄られたのだ。オープン・レンだった。「長い間、わたしはこの書類を管理していました。肌身離さず、長年の間」

フロリアンはその書類を押し返そうとした。だが、老いた司書は受け取ろうとせず、自分はこれを管理していた、とくり返した。そして、海軍軍人だったのは一族の三番目のジョージだ、と言った。

「もちろん、あなた様はご存じでしょうが」

フロリアンはそれを否定しなかった。否定してもほとんど無意味だろうと思われた。

「その方は軍需品部で二年間過ごしたあと、乗艦しましたが、艦長になるにはそれより長くかかりました。セントジョン一族の方々は、海軍では出世なさらないのです」

「そうでしょうとも」

「少し前にマガヴァンの店の者に、あなた様が必要品を求めに来られるだろう、と申しました。勝手に裁量させてさせていただきました。マガヴァンの店ではあなた様をお待ちしていることと存じます」

「なるほど」

「ご一族は常に、マガヴァンの店をご贔屓にしておられましたから」

「ああ、もちろん」

フロリアンは、たるんでポケットができた皺だらけの相手の顔と、その中のけだるそうな目を見つめた。そこに、ためらいの色が浮かび、一瞬の疑念とともに当惑の気配が生じた。だが、相手は話の筋道を思い出した。

「この冬のための石炭を注文いたしました」

「もちろん、石炭は必要だ。だが、引き続き、書類の管理をしてもらうほうがよくはないかな」

「レディー・イライザの肖像画の下の小さなテーブルがずっと、その書類のしまい場所でした。天板が開くようになっている小テーブルです。おわかりですよね」

「しばらくの間でよいから、この書類の管理を続けてもらえないだろうか」

「しばらくなんて時間は、とっくに経ってしまいました。アイルランドでかつてあった中で一番長い『しばらく』でした」

そのとき、フロリアンの目にあの娘《こ》が映った。ゆっくりと自転車を漕いで広場を横切る姿が遠くに見え、青いワンピースが彼の注意を引いた。前に会ったときに着ていた服、そして夢に出て来るときに着ている服だ。〈ボーデルのバー〉の前を過ぎ、すぐ先の角を曲がった。

「差し支えなければ、書類を受け取るのはほかの日にしてもらったほうが、ぼくには都合がいいんだ」

フロリアンが再度書類を差し出すと、今度は受け取ってもらえた。

「ご一族に関心をもつ人に、書類を二、三度貸し出したことがあります。でも、これからはあなた様のご指示でお預かりするのですから、貸し出しはいたしません。今、わたしはモーペステラスに住んでおります。二軒目の家です。わたしにはもったいないような住まいです」

フロリアンはうなずいた。「ご存じでしょうが」とオープン・レンは言葉を続け、同じテーブルの引き出しに二千五十九冊の蔵書についてもれなく明確に記述した蔵書目録があると言った。そして万一の紛失に備えて、二階の応接間の小さいほうにある、リメリック製の書き物机にその写しが保管されているとつけ加えた。

「ミスター・マクレディー自らその机を配達したんでございますよ。そして暖炉の火格子から離して置くようにと申しました。そのときに、もしそのほうが好都合なら、蓋の部分に秘密の引き出しをつくることもできる、とも申し添えましたが、家庭教師の婦人がそれは要らないと断りました。その小さなほうの応接間は、臨時の勉強部屋になっていたのです。ウィリアム坊ちゃまが足を折ったので。ミス・ベイツストリフと申しましたよ、その家庭教師は」

「悪いが、もう行かなきゃならないので……」

「アイルランドで起こった最良のことでございますよ、あなた様がお戻りになったのは」

＊

エリーは崩してもらった小銭をカウンターの上に置いた。ミスター・クランシーはそこから修理代を取った。

「旦那さんに顔を見せてくれるように伝えてくれませんかね、ミセス・ディラハン」と彼は言った。「実はまだ、お目にかかってないんですよ。最初はお母さんが旦那さんのブーツをもってきてて、結婚すると、奥さんがもってきた。そしてこの頃は、あなたがもってくるようになったってわけで」

「うちの人に伝えておきます、ミスター・クランシー」

店を出るときに、ドアの上のベルが鳴った。

「やあ」通りから声がかかった。

そちらを向く前に、誰なのかわかった。エリーの手はむきだしの靴をまだもっている。自転車の籠に置こうとしていたのだ。

「フロリアン・キルデリーだよ」と彼が言った。「覚えてる？」

彼は靴屋の隣の、商売をやめた店のウィンドウの前に立っていた。傍らに彼の自転車がある。つばのある帽子をかぶった顔がほころんだ。「忘れちゃったかな」

エリーは前のときと同じように、頬が熱くなるのを感じた。前のときと同じように、思いが乱れた。思いはねじれ、エリーから分離した。自分の思いではないかのようだった。もちろん覚えているわ、と言いたかった。あなたのことばかり考えていたの、と言いたかった。考えまいとしたんだけど、考えてはいけないとわかっていたんだけど、と言いたかった。声を聞いてすぐ誰かわかったわ、と言いたかった。

「コーヒーでも飲む？」彼が誘った。

「いいえ」と答えたのが、思いのほかきつい口調になってしまった。エリーは首をふった。

「コーヒーを飲みたいんじゃないか、と思ったんだけど」

エリーが自転車を押して歩きだすと、彼も自分の自転車を押しながら、並んで歩いた。

「もしかしたらって思っただけなんだ」と彼は言った。

続く沈黙の中で、きつく響いたらごめんなさい、そんなつもりじゃなかったんだけど、とエリーは言おうとした。だが、それも言えなかった。

「ぼくはキャッスルドラマンドの近くに住んでいるんだ。少し前に父が死んで、キャッスルドラマンドから八キロのところにある家に、ひとり取り残された」

「キャッスルドラマンドという町のこと、聞いたことがあるわ」

「エリー、ラスモイは気に入っている？」

「どの町でも、よく知ればだんだん好きになるものでしょ」

「ここには見るべきものはないように思うけれど」

「いちご祭りがあるの。それを目当てによそからも人が来るわ」

歩いている間、彼の視線は地面に向きがちだった。なくしたものを探しているかのようだった。彼は一度足をとめ、何かを拾いあげたが、すぐに捨てた。

「通りで年寄りに出くわしたんだが、ぼくを誰かほかの人と間違えているみたいだった」

「オープン・レンね。あの人、リスクィンの話ばかりするでしょ」

「リスクィンって？」

「セントジョン一族がそこに住んでいたの。いなくなったのはずいぶん昔のことだけれど」

「ミスター・レンは、ぼくがその一族のひとりで、戻ってきたのだと思いこんでいるようだ」

「リスクィンのお屋敷はもうないの」

裏門の門番の家だけが残っている、とエリーは言った。キラニー旧道沿いにあるの、崩れ落ちかけているけど。そこにはときどき、ラベンダーを摘みに行く、と彼女はつけ加えた。

ふたりが今いるのは、ラスモイの中の貧しい地域だった。スラムが取り壊され、靴屋は営業を続けている小さな店の最後のひとつだった。自分はこのまま留まっていていいことになったとミスター・クランシーが言うのを、エリーは聞いたことがある。よぼよぼになって商売ができなくなるまで放っておいてくれそうだ、と彼はつけ加えた。エリーはそういうことを皆、フロリアンに話し、板を打ちつけた窓について説明した。

「きみの家はこの近くじゃないの、エリー？」

「町の外よ。ノクレイの農場に住んでいるの。クリリー丘陵の」

彼は、エリーが覚えていたとおりの人だった。エリーは彼に目を向けずにはいられなかった。そして、一度は彼と目が合った。そのとき彼はにっこりした。わたしが特別な気持ちをもっていることに気づいているのかしら。気づかないでいてほしい、とエリーは思った。

「ラベンダーが咲いているなら、蝶がいるだろうね」

「ええ、もちろん」

「セントジョン一族はどこに行ったのかな？」

「アイルランドから立ち去ったの。どうしてかは知らないけど」

「あの年寄りはそこの召使だったの？」

「ほんとかどうかは知らないけど、図書室の責任者だったという噂よ」

「ほんとうのような気がする」

フロリアンは片脚を伸ばして、歩道のふちにあった瓶の蓋を蹴り、溝に落とした。それぞれの自転車を押しながらふたりで歩いていること、肉を買うハーンの店に向かってすらいないことに、エリーは怯えに近いものを感じた。まだ買い物があると言わなくては、肉を買わなければいけないと、今すぐ言わなくては。だが、エリーは言わなかった。

「ミスター・レンは、ぼくに書類を受け取らせたがった」

「あの人はいつも書類をもって歩いているの」

フロリアンは銀紙をめくった煙草のパッケージを差し出し、エリーに一本勧めた。エリーは首をふった。

「煙草は吸わないの？」

「ええ、一度も吸ったことないわ」

フロリアンは歩道からコインを一枚拾い上げた。

「何の価値もない」と言って、エリーに渡した。「昔、商店が発行していた類のものだ」

ボイス。エリーはコインに打刻された文字を読んだ。それは商店主の名前だろうね、とフロリアンが言った。「ウェックスフォードに多かった名前だ」

マゲニス通りまで来たとき、エリーはコーバリー生地店に用があるの、と言おうとした。エリーはその言葉を用意していた。何を買うかを言う用意もできていた。スナップと針を買わなくてはならない、というつもりだった。

「父が残した家の中で、ぼくと黒い犬のふたりぼっちでいるんだ」とフロリアンが言った。

＊

この朝、フロリアンは、かつて同じように出会い、同じような理由で浅いかかわりをもったほかの女たちに対して抱いたのと同程度の期待しか抱いていなかった。この日のかかわりの始まりはそれまでの始まりと同じようで、気晴らしとしてはすでに十分に有効だった。イザベラが単なる影になることは決してないが、けさは純朴な田舎娘との触れ合いが、彼の心に優しい気持ちを生み出した。すでに、イザベラの声の反響は弱まり、その微笑みもぼやけているようだった。記憶に残る彼女の感触も、きのう覚えていたそれよりも薄らいだ。彼は会話の中で、一緒にいる相手の魅力に言及してもよいような気分になった。だが、そういうことは口にしないほうがいいという感じがした。たぶん、決して言わないほうがいい。

「シェルハナというんだ、その家は」代わりにフロリアンはそう言った。エリーは犬について尋ね、彼は答えた。次いで湖について、そして夜の庭について言葉を交わした。一日のうちで夜の庭が一番好きだ。シェルハナ以外のところに住んだことはない。住みたいと思ったこともない。アイルランドに住みついてからの父と母もそうだったろう。母はイタリア人だったんだ、と彼は打ち明けた。

「母が死んだとき、父も生気を失った。まあ、なんとか日々をしのいでいたけれどね。なんとか日々をしのぐのは得意だった」

「あなたはその家で生まれたの？」

「うん。思いがけなくできた子どもだった。もう諦めていたんだ。結構年を食っていたから」

「大きいお屋敷なんでしょうね」

「荒れ果てた部屋が十八室ある」

＊

エリーの目にその部屋部屋が浮かんだ。ただし荒れ果ててはいない部屋だ。暖炉があり、花が飾られている居心地のよい部屋。彼の母であり、父であるふたりの人と、思いがけない恵みとして授った子ども。エリーの目に、そこに今ひとりでいる彼が浮かんだ。彼の黒犬。ふたつの死があって、多すぎるものになった十八の部屋。湖の静まり返った水。庭に漂う香り。かぐわしい夕暮れの空気。

彼の拾った硬貨がエリーの手の中にある。ハンドルバーのゴムの握りによって掌に押しつけられている。こんな硬貨は見たことがなかった。エリーは自分がそれをずっともっていたいと思っているのに気づいた。そして、ずっともっていることになるとわかった。

ハーリー横丁には石蹴りをしている子どもたちがいて、ふたりは自転車を押して、その脇を通った。彼は火をつけない煙草を指にはさんだままにしている。煙草のことを忘れてしまったみたいだ。だが、そうではなかった。今、火をつけようと足をとめた。

＊

マッチを擦ったとき、フロリアンは思い出した。エリーが自転車の籠の中に靴を入れる場所をつくっているのを見たことを。父親のかな、それとも兄か弟のかな、たくさん兄弟がいるのかもしれないな。そんな思いが一瞬、心をかすめた気がするが、よく思い出せない。そのときは気づかなかった指輪が、今、彼の目にとまった。彼の目がそれを探したからだ。それは見るからに貧弱で栄《は》えない指輪で、ハロウィーンの干しブドウ入りパンから出てきたのだと言われても納得できるような代物だった。[*]

「知らなかった」彼はそれを手で示して言った。

「もう結構長く結婚しているのよ」と彼女は言った。

＊

ふたりはコーバリー生地店の前を通り過ぎた。〈キャッシュ・アンド・キャリー〉にいたとき、わたしは無意識に指輪を隠したのかしら、そしてけさも同じことをしたのかしら、とエリーはいぶかった。無意識のうちにしてしまうことに気をつけなさい、とシスターたちはよく言ったものだった。無意識だろうが、なんだろうが、それをしているのはあなたなんだから、と。

ふたりは広場に至り、何も言わずにそこに立っていた。人が見ているだろうけれど、エリーは気にしなかった。

「きみの話していた崩れかけた門番の家を見に行きたい気がするな」フロリアンが言った。

「だって、それがあの年寄りにさんざん聞かされたものの名残なんだろう?」

「町から五キロ足らず。キラニー旧道沿いよ。わかりやすいところ」

「ぼくはきみの夢を見た」と彼は言った。

＊アイルランドではハロウィーンに、バーンブラックと呼ばれる干しブドウ入りパンにさまざまな品を入れて焼き、それぞれの人に何が当たるかによって運命を占う。指輪が出てくれば一年以内に結婚、など。

11

午前中の仕事を済ませてひと息ついて、いつもの窓から広場を眺めていたミス・コナルティーはマゲニス通りから現れたふたりに気づいた。歩き出す前にためらうそぶりを見せていたふたりは、ちょっと歩いて、また立ち止まった。そしてエリー・ディラハンがそそくさと立ち去った。ミス・コナルティーは心の中で「そそくさ」という言葉を使った。エリー・ディラハンが急に彼から離れた動きが、まさにそのように見えたからだ。その突然の、ぎこちない動きは、彼女がさしせまった必要に駆られて不本意ながら自分に課したものだった。彼女は自転車には乗らず、引っぱっていった。彼女に突然立ち去られて、葬式で写真を撮っていた男は、あっけにとられたようにその場に立ち尽くしたが、やがて自転車に乗って広場を横切り、キャッスルドラマンドに通じる道に消えた。

ふたりの間に何かが生まれていた。ミス・コナルティーがエリー・ディラハンのことを知らなかったら、その変化に気づかなかったかもしれない。気づいても重要なことだとは思わなかったに違いない。彼に道を訊かれたとエリー・ディラハンが話していたときと比べて、ふたりは明らかに、お互いをずっと深く知っている。

トレーラーハウスを連結した自動車が方向を変えようとして難儀していた。ジョゼフ・ポールのトラックの一台が泥炭塊を積んでマシュー通りに入った。さっき目にした光景に、ミス・コナルティーは当惑しただけでなく、恐れをも感じていた。エリー・ディラハンの生い立ちを考えると、守ってやりたいと思わずにはいられない。あの子の夫はまっとうな人間で、評判がよく、穏やかだ。そんな男だから、あの不幸な出来事以来、自分自身を許せないでいるのは無理もない。でもエリーにしてみれば、あの辺鄙な丘陵地で、ある過失について自責しつづけている夫以外に言葉を交わす人もなく、毎日を過ごさねばならないのは耐え難いことだろう。エリーを責める気になれない。責めようと思えないし、責めて当然だという気がしない。施設の子、恵まれない子、そういう身の上を当たり前だと思ってきた子。生まれたときから何ももたず、何も期待せずに生きてきた子。あの子はもう十分ひどい目にあっている。この上、優男の写真家の餌食になるなんてことがあってはならない。彼が何者であれ、どこから来たのであれ、ミス・コナルティーの旺盛な想像力にかかっては、彼はすでに盗っ人だった。まだ方向転換しているトレーラーハウスを見ながら、ミス・コナルティーはその思いをかみしめ、怒りのために頬を赤くした。

館は静かだった。通いの女中は早くに退出している。きょうはそう決まっている日だからだ。

ミス・コナルティーはさらに一、二分窓辺にとどまったあと、階下におり、弟の昼食のサンドイッチを用意した。怒りは静まってはいたが、まだ心の中にあった。終わった時代の死んだ日々のように、もう流れない涙のように。ミス・コナルティーは、かつて自分自身への憐憫の情が激しく湧き起こったのと同じように、エリー・ディラハンへの憐憫の情が波のように高まるのを感じた。

*

ジョゼフ・ポールはサンドイッチを食べるときに、ボヴリル〔水飴状のビーフエキスの商標〕を濃いめに溶いたスープを飲むのが好きだった。食堂のテーブルに、そのスープのカップとサンドイッチをもってきてくれた姉は、珍しく、真向いに腰を下ろした。何か言いたいことがあるのだと、彼にはわかった。だが、姉が話をしても、彼は耳を傾けなかった。その代わりにときどきうなずいた。

父が姉をダブリンに連れていった日、あのふたりが永遠に帰ってこなければいい、と母が言った。どちらも永遠に帰ってこなければいい、と。だが、彼はふたりに帰ってきてほしかった。どれほど恥辱にまみれていようと、夜のバスか明日のバスに乗っていてほしい、とにかく帰ってきてほしい、と思った。彼はふたりを待った。部屋に空きがあるのに、一階の窓の掲示が「満室」になっていることは知らなかった。彼は母が泣くかと思ったが、泣かなかった。彼は母が泣くのを見たことがなかった。午後、母のために紅茶をいれ、トーストを焼いた。母は食べようとしなかった。そのあと、ふたりがバスに乗って戻ったかどうか見に行こうかと訊いたが、母は聞こえないようだった。もう一度訊くと、乗っているに決まっているじゃない、と母は言った。彼がふたりを迎えに行って一緒に帰ってくると、母は自分の人生の最悪の日だと言った。彼は姉にココアをもっていった。母親ならそりゃ動揺するよね、と彼は言った。だが、姉は答えなかった。彼が話しかけたのに姉が返事をしなかったのは、それが初めてだった。今では、お互いに返事をしないことがざらにあるけれど。

「その人、エリー・ディラハンに映画館のことを訊いたのよ」と姉が言ったのを耳にとめて、ジョゼフ・ポールは何の話かと尋ねた。

「話したでしょ」

「悪い、悪い。でも、姉さんの言っていることの要点をつかむのは大変なんだ」

「その人、この町をうろついているのよ。映画館の中に入ったのよ——この耳で聞いたわ。誰も正体を知らない男がそんなことをするなんて気味が悪い」

「映画館の鍵は石炭貯蔵所にある。鍵がなかったら、映画館にはいれるはずがない。姉さんが話しているその男のことは、ぼくは知らない」

「淡い色のツイードのスーツを着て、よく帽子をかぶってる。キャッスルドラマンドからの道をこっちに折れて、町に入ってくるわ」

「その男のことは全然知らないよ」

ジョゼフ・ポールの口調には無関心さが丸出しだった。こんな話、まともに聞いてはいられない、と彼は心の中でつぶやいたが、声に出しては、バーナデット・オキーフがデンプシーに裏手の客室のペンキ塗り直しをさせる手配をしている、と言った。

「裏手の客室なんか、この話に何の関係もないでしょ。あの男を見ていないのはあんただけよ。あいつが屋根の上でわめいていても、あんたには見えないのね」

ジョゼフ・ポールは何も言わなかった。何も言わないのが、常に最上の策だ。彼は姉がつくってくれたサンドイッチを食べ終え、スープの最後のひとしずくを飲んだ。そして姉が立ち去るのを待った。

＊

ミス・コナルティーは、給仕用回転テーブルに置いていたトレイをとりあげると、弟が食べ終えた皿とカップと受け皿を、いつも食事と一緒に出してやる塩と胡椒とともに載せた。そしてテーブルのパンくずを集め、ふきんでトレイの上に落とした。

「もうひとつ、言いたいことがあるの」彼女は氷のように冷静に言った。そうしようと思えば、いくらでも冷静になれる。

ミス・コナルティーは弟の背後から話を続けた。弟はふり返らなかった。放っておいたら、あの男はエリー・ディラハンと駆け落ちするわよ、と言い捨てて、彼女は立ち去った。

12

エリーはタイヤレバーを正しい位置で保持していた。やり方は夫が教えてくれた。すでに、十五センチ分ほどのタイヤが車輪のリムから外れ、ほかの二本のレバーが外れた部分の両端に挿しこまれている。夫はレバーのひとつを足で動かし、タイヤをさらに外そうとしたが、うまく行かず、もう一方のレバーをエリーが押さえているレバーの方にずらした。タイヤがさらに十センチばかり外れた。「これで行けそうだ」と夫は言った。

レバーをさらにずらし、チューブを引っ張り出した。夫はボクスホール車の車体をジャッキで持ち上げるのも、車輪を外すのも、エリーの助けを借りず、自分ひとりでやった。エリーを呼んだのはほんの二、三分前だった。たらいにはすでに水が満たされていた。夫は水の中でチューブをしごき、パンクの箇所を見つけた。「よし。これで修理ができる」と夫は言った。

エリーが姫リンゴ園の中で穀粒をまくと、雌鶏たちがまっしぐらに走ってきた。これまでは、夫を愛していないことを意識していなかった。これまでは愛が人生に入ってくることがなかった。少なくともクルーンヒルの修道女たちがしょっちゅう語っていたのと違う仕方で入ってくることはなかった。クルーンヒルでは、愛のシンボルであるキリストの心臓が永久に燃えている絵がかかげられていた。このうちの勝手口の上にも同じ絵があり、永遠の愛が燃えている。それは、今ではエリーのものであるソース鍋をかつて磨いていた女のために、そして、さらにその前にそうしていた女たちのために、燃えつづけてきたものだ。エリーは雌鶏の囲いを閉じた。中庭に戻る途中で、レタスをふた球採り、チャイブの一番よさそうなところを摘んだ。

すでに車輪が元通りにとりつけられていた。ジャッキの上の車体がおろされた。「手を貸してくれてありがとう」通りがかったエリーに夫が言った。夫はいつも感謝を言葉にしてくれる。

それは思いやりだ。これまでずっとそう思ってきたし、今もそう思う。結婚しようと言われたときもそう思った。断ったら、こちらの側が思いやりに欠けているということになると思った。わたしの居所はこの人の家にしかない。彼はそれを知っているからこそ、雇い人に過ぎないわたしを家の中の責任者として立ててきてくれたのだ、とそのときエリーは思った。今でもそうだが、エリーには、彼が実際の年よりも年長に感じられた。妻に先立たれた人、わたしよりも多くのことを知っている人。結婚するほうが世間体もよい、とエリーは思った。彼はそんなふうには言わず、式のあと、ラヒンチでこう言った。「あんたに出会えて、気持ちが通じ合うようになったおれは、ほんとうに運がいい」。「運がいいのはわたしのほうよ」とエリーは言った。心からそう思っていた。エリーは嘘のつけないたちだった。「ごめんなさい」のちに、彼の子どもを産んであげられないことについて、エリーは詫びの言葉を口にした。そんなことはどうでもいいんだ、と夫は言った。「あんたがいてくれれば、それで十分だ」

エリーは食卓を整えた。レタスを洗い、水気をとるためにふきんの上に置いた。日曜に食べた子羊肉の残りを薄切りにし、チャイブを刻み、トマトを切った。

夫はドアのところでゴム長を脱ぎ、流しで手を洗った。二階に上がってシャワーを浴び、シャツを着替えてくることもあるが、きょうはしなかった。疲れているのだ、とエリーにはわかった。

「刃のかけらみたいなものかな」と、夫はパンクの原因を説明した。「鋭い切れ目が入っていた」

こうしてまた一日が過ぎた。靴屋の前での再会から五日経つのに、少しもましになっていなかった。このぐらい日が経てば、治まると思っていた。深く悔い恥じ入っているのに、胸の高鳴りは今朝やその前と比べて少しも弱まっていない。

「ラドルパウダーが手に入ったんだね」夫は自分の皿にサラダを山盛りにした。夫はこれを「夏のご馳走」と呼び、しょっちゅう出てきても決していやな顔をしない。

「お店に入ってたの。言い忘れていたわ」

「かまやしないよ。ところで、イングリッシュの店でフック付きのコイルばねを見たことがあるかい？　置いているかどうか知らないか？」

「訊いてみるわ」

エリーは夫のカップに紅茶を注ぎ、ミルクを加えた。そして砂糖壺を彼のほうに動かした。何か話の種を見つけようとした。話していると、少し気が楽になる。「彼、あなたのためなら何でもするわ」結婚式のパーティーで、知らない女の人がそう言った。それがその場で言うのにふさわしい言葉であるかのように。優しい心遣いをさりげなくしてくれる、そういう人なのよと言いたげに。マガヴァンの店のデ・ヴァレラ似の人がまた、テリアの小犬を売りに出している、とエリーは言った。

「その話、聞いたような気がする」

「ごめんなさい」

「何も謝ることはないよ」

結婚式で話した女の人は、あなたは幸運だと言った。そのあと、夫の運転するボクスホールに乗っていたとき、エリーは不幸せではなかった。そのときも、ハネムーンの旅先でも後悔はしていなかった。農場に戻ってきたときも不幸せではなかった。ラスモイの人たちにミセス・ディラハンと呼ばれるのが嬉しかった。そのことと、彼と寝室を共にすることだけが結婚する以前と違っていた。それまで使っていた小さな寝室は、亡くなった子どもの部屋だった。鮮やかな色のペンキが塗られ、おもちゃを散らした柄の壁紙が張ってあった。それを変えたいと思ったことは一度もなかったし、その部屋を誰も使わなくなって、夫がこのままにしておこうと言ったときも、夫の考えていることがわかった。

夫はエリーの注いだ紅茶に砂糖を入れてかきまぜた。沈黙があってもかまわなかった。会話が途切れても、おれは全然気にならない、と夫は常々言っている。

「きょうは街道沿いの牧草地の草刈りをした」皿の上のものを食べ終えると、夫は言った。「コリガン家の若い連中が来てくれた」

エリーは夫が三角チーズの銀紙を剝がすのを見ていた。包んである銀紙を丁寧にむき、チーズをナイフに載せた。夫は何事もきちんとするのを好む。こんなささやかなことでもおろそかにはしない。不注意だったり、無造作に動いたりするところは想像もできない。でも一度だけそういうことがあったのだ。あの悲劇のときだ。

「食欲がないようだね」と夫が言った。

「ちょっとね」

「気になってた」

エリーは夫のためにさらにパンを切った。それから手を伸ばして、紅茶のカップをもう一度満たした。ギャハガンが農地を手放しそうな気配だと夫が言った。

「偏屈な男だが、手放してもいいという気になってきている」

エリーは畑の持ち主が変わることについて、そして、それがもたらす変化について考えようとした。ギャハガンはもしかしたら、林の売却も考えているのかもしれない、と思った。

「その日を楽しみに待とう、エリー」

夫は一語一語をかみしめるように言うと、椅子を後ろに押して立ち上がった。疲れているときはいつも、夕食後は窓際のへこんだ長椅子にすわり、くつろいだ姿勢で新聞を読む。聴きたいものがあるときにはラジオをつける。きょうも夫は長椅子に陣取った。エリーは食卓を片づけ、食器を流し台にもっていった。隣の部屋には、最初のうち、彼の妻の写真があった。赤ちゃんを抱き、微笑んでいる女の人の写真。だが、のちに彼がそれを引き出しにしまいこんだ。

エリーは食器の上にお湯を注ぎ、泡で見えなくなるまで洗剤をかけた。ラジオでは夫の好きな古式《オールドタイム》ダンス*の音楽の番組をやっていた。〈わたしの心には弱さしか見当たりません〉。そういう言葉が自分自身の筆跡で記されているのが目に浮かんだ。エリーの書く文字は、シスター・アンブローズに手厳しく指導されて身に着けた昔風の斜体だ。シスター・アンブローズは常に、華やかさよりも明瞭さを重んじた「わたしたちの助けが必要なときは、必ず手紙を書きなさい」とシスターは強く言った。「何でもわたしたちに打ち明けなさい」神様が味方になってくださいます。シスターたちの唇はその言葉を何度、形づくったことだろう。

さらに何日も過ぎれば、何も起こらなかったかのように思える日が来る。そのときは、過ちを犯したこと、人をも自分をも欺いたことを思い返して恥じ入るだろう。そして心の安らぎを得て、

＊現代的な社交ダンスのように男性のリードによって各カップルが自由に動くのではなく、定められた一連の動きをくりかえすカップルダンス。

悔い改めて許される。時は戻らず、流れ去る一方だ。過ぎ去る一分、一分が癒しになる。

「昔はよくオールドタイムを踊りに行っていたんだ」と夫が言った。前の奥さんと行っていたのだろう、とエリーは思った。あんなことがあったから、もう行く気がしなくなったのだ。夫は長椅子の肘かけを指で叩いてリズムを取りながら、続けて何か言った。だが、音楽が急に大きくなって、何を言ったかわからなかった。

「鶏を見て来るわ」

さっき犬の一頭が吠えていたのは、キツネが出たからだろう。だが、エリーが外に出ると静まり返っていた。一年のこの時期はとても日が長い。トラクターの緑もボークスホール車の焦げ茶もまだはっきりとわかる。犬たちは見回りをするエリーのあとについて歩いた。エリーが姫リンゴ園の出入り口に立って雌鶏たちに変わったようすがないか耳を澄ますと、犬たちは忠実に身を寄せてきた。あの人のイタリア出身のお母さんなら、こんなとき煙草を吸ったことだろう。長身で、年を経ても美しい女性。なんとなく、そういうイメージがわき出てきた。エリーは姫リンゴ園のゲートを閉じ、鎖の輪を柱に通した。

「すわってゆっくり休むといい」と夫が言った。「一緒に音楽を聴こう」

「帳簿を確認しないといけないの」

エリーは隣の部屋に行った。そこには領収書の類が保管してあり、銀行の口座に入れた小切手を記録している灰色のノートがある。エリーは灯りをつけて、窓際のテーブルの引き出しからノートを取り出した。

帳簿はきちんとつけられている。見る前から、そうだとわかっていた。見たかったものは帳簿ではない。同じ引き出しの中に、これまでシスター・アンブローズからもらったクリスマスカードがすべてしまってあるのだ。シスター・アンブローズはエリーにとって、クルーンヒルの修道女の中で誰よりも慕わしい人だった。ある年のカードにはこう書き添えられている。〈あなたが結婚することを喜び、あなたが農場で充実した暮らしをしていることに感謝します〉。別のカードにはダーグ湖への巡礼の旅やファーモイの修養施設のことが書かれている。エリーは、自分の誕生日だと定められた日の夜、シスター・アンブローズがこう言ったことを覚えている。「あなたが神様に呼ばれたと感じることがあったら、わたしたちは喜んで、自分たちの仲間として迎えます。でも、決して忘れないで。そういうふうにならずとも、わたしたちは別な仕方で、いつでもあなたの力になるということを」

カードを一枚一枚封筒に戻した。キリストの受難を描いたつやつやした紙片がはさまっているカードもあった。〈わたしたちの罪がキリストの傷になった〉。血を流している絵姿の下に黒々としたイタリック体の文字が書かれている。〈キリストの苦しみがわたしたちを購った〉。

夫が階段をのぼり、上の部屋の中を動き回る足音が聞こえた。エリーはノートのページを破り取り、いつも引き出しにしまってあるボールペンを取り出して、シスター・アンブローズに手紙を書いた。クリスマスにカードを送らなかったことを詫び、自分は元気だと書いた。それでもや

は り、自分のために祈ってほしいと頼まずにはいられなかった。食器洗いをしていたときに、自分の記した文字として心に浮かんだ文も書いたが、読み返すとわけのわからない手紙になった。エリーはそれを眺めて、どうしてこんなことを書くのか打ち明けない限り、相手には理解できるはずがないと悟った。打ち明けない限り、わたしのことをよく知っているシスターたちにも、今のわたしは理解できないだろう。今のわたしは、黙っていることによる嘘と、偽りによる嘘、そして恥じ入る気持ちによって、以前のわたしとは違っているからだ。別のページに、新たに手紙を書こうとしたが、自分の感じている空しさを表す言葉は思い浮かばず、ほとんど何も伝えられなかった。こんなほのめかすような書き方をしたら、却って、シスターたちをとまどわせ、心配させるだけだろう。

静まり返った部屋の中で、エリーはじっとすわっていた。一時間、そしてそれ以上の時間が経った。泣きたかったが、泣かなかった。手紙ですべてを打ち明ければ、求めている同情が得られることはわかっていたが、そうしたい気持ちに抗った。

裏口のドアの掛け金をはずし、再び外に出た。道をたどりはじめると、夜気の爽やかさに心が安らいだ。犬たちを後ろに従えて、くたびれはてるまで歩いた。帰ってきてキッチンにはいると、レンジの扉をあけ、火の気を失って黒くなった無煙炭の上に、ノートからむしりとったページを落とした。通風調節弁のレバーを引き、耳を澄まして焔が燃え上がる音を聞いた。

13

あの男は要注意人物よ、とミス・コナルティーが言った。卵を受け取りながら、エリーの顔を見ずにそう言った。みんな、あれは何者だろうといぶかしんでいるわ、と小銭を数えて財布から出しながらつけ加えた。あなたたちのこと、知っているのよと言わんばかりに。

さらに何枚かの硬貨が足され、財布のジッパーが閉じた。

「わたしがこの話をしても、嫌じゃないわよね？」とミス・コナルティーは訊いた。

「わたしはあの日、道を訊かれて知り合っただけです」

あの人は要注意人物なんかじゃない。エリーは自転車を漕ぎながら、そう言えばよかった、と強く思った。あの人の名前も知らないのに、あの人のことを何も知らないのに、要注意人物だなんて決めつけちゃいけない。ミセス・コナルティーにそう言えばよかった。「名前はフロリアン・キルデリーというんです」と言えばよかった。「半分はイタリア人なんです」と。

エリーは家路についた。キラニー旧道を通る、遠回りの帰り方を選んだ。彼がリスクィンの門番の家に興味を示したとき、無視してしまったことを思い出した。あそこの静けさが好きなのに、そう言わなかった。実際はよくそこに行っているのに、そうでないふりをした。こちらが心を開いていないのに気づいて、彼は傷ついたのではないかしら。そして、わたしがさよならも言わずに立ち去ったことにも傷ついたのではないかしら。彼と一緒に〈マーのカフェ〉に行ったことに大した意味はなかった。でも、彼が要注意人物だと見なされているなら話は違ってくる。あのことが噂になって耳に届いたら、シスターたちはわかってくれるだろうか。とうてい無理だ。でも、いけないことを口にしているわけではないのに、人と話をして何が悪いのだろう。

今では誰も使わないキラニー旧道で、エリーは彼の煙草のにおいが漂ってきた気がして、自転車を止めた。だが勘違いだった。のろのろと自転車を走らせて、リスクィンの屋敷の並木道が始まる高い鉄門の前を過ぎながら、崩れかけた門番の家のほうに目を向けた。誰もいなかった。

＊

「丘に登る」とディラハンは言った。「うちの羊が二頭、迷い出たらしい」

エリーは答えなかった。聞こえなかったかのようだ。

「どうした、エリー？　何か困っていることがあるのかい？」

何でもない、とエリーは言った。「ほんとうよ」

ディラハンは車に乗って庭から出た。さまよっている羊のことを教えたのはギャハガンだった。ギャハガン自身は丘の上に家畜を放しているわけではなかったが、ときどきそこに登っていく。青い印がついた羊を二頭見た、とギャハガンは言い、目が悪いから確かじゃないが、とつけ加えたのだ。だが、おれが自分で探しにいかなかったら、それはやつのものになってしまうに決まっている、とディラハンはエリーに言った。

ディラハンはいつもと異なる道を通った。右手に曲がり、コリガン家の黒い納屋の方まで行き、ドゥール丘の裾をまわってから、登りに転じた。ボクスホール車はどうにかこうにか、その傾斜に耐えているかのようだった。自分の羊がドゥール丘の方にいるのなら、クリリー丘のこちら側の斜面の柵を破ったに違いない。

犬たちは彼の傍らで居眠りをしていた。ガラスを下ろした窓から流れこむ空気はひんやりしていて、寒いくらいだ。何かある、と彼は思った。気分の問題に過ぎないのかもしれないが、気分に左右されるなんてエリーらしくない。今までこんなことはなかった。朝食にも、ほとんど手をつけていなかった。

ディラハンは雑木林の中の空き地に車をとめて歩きだし、湿地のほうに行った。白い点がふたつ見えた。遠く離れていても自分の羊だとわかった。犬をそちらに向かわせ、自分は長靴を水の中に沈めながら、金網の破れ目を探しにいった。エリーは女の世界に属するものについては羞《は》じらって口にしないことが多い。そんなときは、無理に聞きだそうとは思わない。無理強いするのは、自分の性に合わないからだ。それにエリーには、ごまかすようなところがない。農場に来てからずっとそうだった。来たばかりのとき、エリーは農場の仕事について何も知らず、知っているふりもしなかった。こちらもエリーが農場のことを知っているという期待はしていなかった。ところが今では、得意分野ではこちらをしのぐ。鶏の世話に牛乳の加工、野菜の栽培、それに帳簿つけも。ディラハンはエリーを前の妻と比べてみようとしたことがなかった。ふたりを並べて考える気にはならず、そういうことは決してしなかった。けれども、自分は二度も幸運に恵まれたのだとわかっていた。

自分の泥炭採掘地の近くを通りがかり、泥炭がもう残り少ないのに気づいた。だが、所有地の境界近くに切り出せる泥炭がある。その泥炭地は長くて幅もあり、採掘してみる価値が十分にある。ぬかるんだ地面の上を運ぶのは難しいだろうが、乾季ならばなんとかなるだろう。来年の初夏あたりがよかろう、と彼は思った。

ヒースの茂みからヒバリが上がる。ときには、シギが飛び立つ。ディラハンは針金の折れているところを見つけ、口笛を吹いて犬を呼んだ。犬たちは急がなかった。慌ただしく動いてはならないと知っているのだ。彼は朝、雌鶏が前ほどよく卵を産まなくなったのは残念だと思い、そう思わないかとエリーに言った。エリーが笑みを浮かべるようすは、いかにも無理をしているように見えた。どうかしたのかと訊くと、何でもないわ、わたしは元気よ、とそのときも、エリーは言った。きっとほんとうに何でもないんだ。彼はそう信じこもうとした。

＊

エリーはキッチンのテーブルに布地を広げた。まだ型紙が待ち針で止めつけてある。エリーは待ち針をすべて抜き取り、薄い紙を元の折り目のとおりに畳んだ。つくりかけのワンピースは、淡い地色に真っ赤な小花を散らした柄だ。きょうは無理だが、明日にも出来上がりるだろう。

そのミシンは夫が思い出せないほど昔からこの家にある。もともとは夫の母のものだが、今はエリーが引き継いでいる。これを捨てて新しいのを買ってもよいと言われたけれど、そんな勿体ないことはできなかった。キッチンのテーブルも昔からずっと同じ場所にあって使われてきた。広々とした天板が、今もしっかりと脚に支えられている。

エリーは糸巻を替え、針に糸を通すと、ハンドルを回し、縫いはじめた。ミシンの使い方は、この農場に来たとき、すでに知っていた。エリーは自分で自分の服をつくる。シャツの襟を折り返したり、ポケットをつけたりする。けれども、こんなワンピースは必要でない。コーバリーの店でこの生地と型紙を買ったとき、エリーはこのワンピースが好きかどうかさえ、ほとんど考えていなかった。

がちゃがちゃ動くミシンは、エリーの注意のすべてを要求する。それこそがエリーの望んだことだった。もう心を乱されまいと思い定めて、エリーは縫い目をまっすぐに進めた。午後が一番過ごしにくい。午前中は雌鶏の世話があるし、ラジオで〈ディスク・オブ・ザ・デイ〉をやっている。レコードをかける合間にたくさんおしゃべりをする番組だ。けれど、午後になると――ミセス・ハドンも来ず、恥ずかしがり屋の小さなトマシーナ・フリンが、わずかしかないアヒルの卵を買いにやってくることもない日だと――何か時間を埋めるものが必要になる。エリーはラスモイに行く日を火曜日に変えた。毎金曜日に行く習慣は、彼に知られているからだ。エリー自身にとっても、司祭館にとっても、ほんとうは火曜の午後より金曜の午前のほうが都合がいい。それでもエリーは日を変えた。そうするべきだとわかっていた。

端まで縫い終えて、糸を切り、もう片方の袖に手を伸ばしかけた。だが、続ける気が急になくなった。エリーはそのまますわっていた。目の前ではミシンが沈黙し、ほしくもないワンピースがつくりかけのまま打ち捨てられて、広がっている。中庭でトラクターの音がした。一日が終わるまでの長い時間を思うと気が重かった。

14

ミス・コナルティーの宿泊客たちは、それぞれの部屋に備えられている目覚まし時計のけたたましい音に応えて、ひとり、またひとりと目を覚ました。それぞれに、有無を言わさぬ召喚の叫びを黙らせると、ベッドから出てカーテンを開く。そして廊下に出て、トイレや浴室があいているか、ふさがっているかを調べる。二十分後、黒っぽい背広を着て、シャツにカラーをつけ、ネクタイをしめた男が三人、ゆうべミス・コナルティーがそれぞれの寝室のドアの前から集めて磨いておいた靴をはいて食堂への階段をおりた。四人目の男、ミスター・バックリーはまだ身支度の最中だった。金属細工指導者のガハリーは夏の休暇を終えて戻ってきており、すでに朝食を終えかけている。ジョゼフ・ポールは早朝ミサからまだ帰ってきていなかった。

「卵はどうします？」ミス・コナルティーは話し声を聞きつけて、食堂と厨房の間の小窓から声をかけた。「目玉焼き、落とし卵、それとも……」

三人の男たちはいつものように目玉焼きを頼んだ。ホートン社の巡回セールスマンのは、いつもどおり、裏返されて両面焼きになる。トマトとソーセージについて訊かれると、三人ともほしいと言った。ベーコンは、黙っていてももれなく皿につく。紳士用下着メーカー、ウールジーのアイルランド支社の男がブラックプディング〔豚の血と脂肪、穀物からつくる黒いソーセージ〕はあるかと訊くと、ミセス・コナルティーはたくさんあると答えた。

料理が出るまでに少し間があき、その間にガハリーがテーブルから立ち上がった。彼は三人の男たちがひとりひとり食堂に入ってきたときにしたのと同じように、無言のまま会釈した。階段で、ガハリーはミスター・バックリーに会釈した。ミスター・バックリーはゆっくりと玄関に向かうところだった。彼がこの広場四番の館を用いるようになって三十年近く経つが、泊まった翌朝には必ず、玄関スタンドの傍らに掛けられている晴雨計のガラスをこつこつ叩く。キッチンにいるミセス・コナルティーの耳に、ミスター・バックリーが皆から挨拶を受け、この館では新顔の男に引き合わせられているようすが伝わった。厨房と食堂の間の小窓をあける必要はなかった。このところずっと、ミスター・バックリーはウィーターービックスのシリアルしか食べない。

ホートンのセールスマンはミスター・バックリーに健康状態について尋ね、申し分ないという返事を得た。だが、それは真実ではないと知っていた。ミスター・バックリーはでっぷりと太り、顔は黄ばんで生気がない。彼は何の病気もなく、かつてないほど健康だと人に言い、自分にもそう言い聞かせている。しかし、彼が訪れる町々では、この頃よく注文を間違えるという噂がある。

彼をよく知る心優しい店主たちは、注文と違う品でも快く受け入れるのだそうだ。ミスター・バックリーが密かに待ち望んでいる退職に無事にこぎつけ、年金を得られるように守っているのだ。文房具と小物を商うミスター・バックリーは、下り坂の今も、盛りの頃と変わらぬ敬愛を人々から受けている。

厨房との間の小窓がふたたび開き、ほどなくミス・コナルティーがトーストとバターつきパンを立てたラックをもって食堂に入ってきた。ミス・コナルティーは小窓に置いた料理をテーブルに運び、ゆうべ初めて泊まった客に、揚げパンの焦げ色が十分かどうか尋ねた。男は十分香ばしいと答えた。

「ラスモイでは、ここにしか泊まる気になりません」ミス・コナルティーがいなくなると、ホートンのセールスマンが新顔の男に言い、「あなたもそうでしょう、ミスター・バックリー?」と話をふった。

ミスター・バックリーはそのとおりだと答えた。ウールジーのアイルランド支社の男が、もっと田舎に行くとひどい目に遭うことがあると言いだした。そういう意味での不運な体験の話でひとしきり盛り上がった。じとっとした寝具、喉を通らないぐらいまずい食べ物、排水管の詰まり。広場四番の館では、浴室に石鹸がなかったことなど一度もない、とホートンの男が断言した。予備のトイレットペーパーも然りだ、と彼がつけ加えると皆が一斉にうなずいた。金属製のティーポットが回され、それぞれ自分のカップに紅茶を注いだ。ホートンの男は紅茶を飲む合間に、ゴールドフレーク銘柄の紙巻煙草のパッケージから一本出して、マッチとともにテーブルクロスの上に置いた。食事が終わったら、すぐに火をつけられるようにという算段だ。あらゆる種類の紳士用衣料品を広く取り扱っているが、自分が注文を取るのは主にシャツだ、と彼は新顔の男に打ち明けた。新顔の男は自分はセメント業界にいると話した。

厨房には、定められた時間に合わせて通いの女中が出勤した。玄関のドアがばたんと閉まった。ジョゼフ・ポールがミサから戻ってきたのだと、ミス・コナルティーにはわかった。彼はここしばらく、ステンドグラスのことを口にしない。だが、ほんの数分前に、ステンドグラスに変わるであろう汚れた窓ガラスを見上げていたに違いないし、受胎告知の絵柄はどうかというミラン神父の提案はすばらしいと改めて思ったに違いない。やがてその窓のそばに、アイリーン・ブリジッド・コナルティーの魂のために祈ってください、と書いた真鍮のプレートが取りつけられることになるだろう。

どうでもいいわ、とミス・コナルティーは思った。あの人たちの好きなようにやるといい。ありがたい死が、夢にも思っていなかった豊かな埋め合わせをもたらしてくれたのだ。今では彼女がここを切り回し、きょうは真珠の首飾りが胸元に輝いている。

「だんなさんのお世話をしてね」と通いの女中に命じて、ミス・コナルティーは休憩をとりにいった。六時から立ちっ放しだった。館の表の広い居間に入ってすわった。ダニエル・オコンネルがこちらを見ている。オコンネルはどんな人だったのだろうとふと思ったが、答えは出なかった。そのつもりはなかったのに、うとうとした。男たちが客室に戻る気配で、われに返った。階段を昇ってくる足音がして、ホートンの男が、朝食を食べると元気が出ると話している。

書き物机に向かって彼らに対する請求書を書き、階下に降りた際に、玄関のドアの横の棚に置いた。母がとりしきっていたときには、玄関スタンドに置く習慣だったが、棚のほうが好都合だ。客がそれぞれ自分宛ての請求書を取り、ミス・コナルティーが玄関スタンドから棚に移した小さなベルを鳴らすと、その音を聞いて彼女がやってくるという段取りになっている。

「話をつけてくれた？」食堂に入ったミス・コナルティーは弟のそばに行って尋ねた。ちょうど通いの女中が用意した朝食が、すでに彼の前にあった。

＊

揚げパンの切れ端を刺したフォークの背に卵とベーコンを載せたジョゼフ・ポールは、答える前にその組み合わせをむしゃむしゃ食べた。

「例の件は十一月になったよ」呑みくだしてからそう言った。

「何のこと？　さっぱりわからないわ」

「デンプシーが十一月に来るように、バーナデット・オキーフが手配した」

「来る？　どういう意味、来るって？　デンプシーのことなんか訊いてないわよ」

「裏手の客室の塗り替えをさせようと言ってたよね？」

「裏手の客室の話なんかしてないわ。わたしが何を言っているか、わかってるんでしょ」

「バーナデット・オキーフが手配したんだ。裏手の客室の塗り替えを」ジョゼフ・ポールは落ちついた声で言った。「十一月にやることになった。第一月曜から始めてもらう。それまではぎっしり仕事が詰まっているそうだ」

「わたしはエリー・ディラハンのことを話しているの」

「エリー・ディラハンがどうかしたのかい？」

「どうなってるか、知ってるくせに」

「ひとり合点で想像を逞しくしているだけだろう」

「頼むから、常識を働かせてちょうだい！」

「エリー・ディラハンは亭主もちじゃないか。カメラマンとつきあったりするわけがない。ディラハンっていうのは、以前、うちに泥炭を納入していた男だよね。よく知っているよ。あの男がそんなことを放置しておくなんて絶対にありえない」

「ディラハンは何も知らないの。知るわけないでしょ。奥さんが何の値打ちもない屑に引っかかってしまっているなんて、誰が教えるの？　それに、そんな状態だから、エリー本人からはひと言だって聞きだせないだろうし。あの若い男があの風采であの帽子をかぶって自転車でうろつき回って、町じゅうで噂されているのに、あんたはそんな男は存在しないの一点張り」

なんたることだ、とジョゼフ・ポールは考えた。朝食が冷たくなっていく。まるで母さんがしゃべっているみたいじゃないか。こういう物言いを耳にするのは、あの厄介ごと以来のことだ。姉の頬の高いところに浮かんだふたつの赤い丸を見て、子どもの頃によくこんな顔をしていたのを思い出した。今にも石炭屑をつかみとって、おれに投げつけそうだ。

「わたしは自分の口から、エリーに言ったわ」姉の言葉は続く。「黙っているなんて選択肢はなかったから」

「あの子に言ったって、いったい何を？　かわいそうに」

「どうしても言わなくてはならないことを。それだけよ。同じことを男のほうにも言ってちょうだい。あんたにとって何も害はないでしょう？　ディラハンはずっと卵を届けてくれているのよ、荷馬車で運んでいた頃から。それに、そう泥炭のこともあるし」

「町なかでその男に話しかけろ、と言ってるのか」

「エリーはみなしごだけど、わたしたちにとっては娘同然だと言ってやればいいわ」

自分たちの母の影響力がこの家から完全になくなったわけではない、根強く残っているのだ、とジョゼフ・ポールは思った。そう思うと、このくだらない会話につきあう苦痛が少し和らいだ。とはいえ、ろくに言葉をかけたこともない若い女が自分の娘だという発想には面食らった。

「そんなことを言うなんて、どうかしたんじゃないのか」自分でも思いがけなく荒い口調になった。この数年の間に目立つようになった姉の奇矯な言動が、結局、認知症の徴候だったということになったら目もあてられないが、それはしばしば彼の頭に浮かぶことだった。そういう不幸な事例については世間でよく耳にする。困った身内がいるという話をしばしば聞く。ひとりで館を切り回すのが、姉には荷が重いのかもしれない。映画館の残骸にはいりこむ輩《やから》についての姉の妄想は、火災の夜、父がひとりでそこにいて、誰からも忘れられていたということと関係があるのかもしれない。姉は常に父のお気に入りで、自分は母のお気に入りだった。そのことは暗黙の了解事項だ。だから、あの厄介ごとがあって以来、父が毎晩ひどい有り様で家に帰ってくるのを、姉は胸はりさける思いで見ていたのかもしれない。父は目を血走らせ、外したカラーとネクタイをポケットにねじこみ、玄関にはいると、めちゃくちゃな口笛を吹き、よろよろ歩き、階段を踏み外した。札入れから金を取り出し、悔い改めの印のつもりで周りの者にばらまいた。あの厄介ごとが起こる前には、唇を湿す程度にしか酒を飲まない人だったのに。

姉がまた朝食の食卓の脇に立ったままなのを見て、すわったら、とジョゼフ・ポールは促した。

「水をもってきてやろうか？」

「どうして水がほしいと思うの？」

「ほしいかもしれないと思っただけだよ」

「まず、あの男に名前を訊くのよ。それから、話がある、と言って。ディラハンがエリーを見捨てたら、エリーはどうなるの？　どこへ行くの？　哀れなオープン・レンのようにさまよい歩くの？　子どもが生まれたらどうする？　穏やかに話すのよ。罵ってはだめ。殴られたら大変だから。あの男に言ってほしいの。家族ぐるみのつきあいがあるから、わたしたちはエリーのことを心配しているのだと。自分のやっていることはどういうことなのか考えろって。わたしは最初からエリーが好きだったから」

「うちのパブの奥じゃ、何か困ったことが起きているという噂はまったく出ていないよ」

「奥のバーに来る人なんか、何も知らないわよ。神父さんたちは告白で聞いた秘密を守る義務があるし。わたしがあんたにずっと言っているのは、よそのうちの葬式でよけいなことをする人間には、ひとこと言ってやらなくちゃいけないということ。おまけにそいつは、忌まわしいことが起こった映画館のことを詮索しているし、丘に住むカトリックの若い女を追っかけ回してさえいるのよ」

姉は話しつづけ、すでに言ったことすべてをくり返した。ジョゼフ・ポールの皿の料理の脂肪が固まりはじめた。目玉焼きの黄身にも皮が張っている。通いの女中が食器を下げようと入ってきた。

「ふた言、三言、訊いてみるよ」と彼は言った。

＊

会話はそこで終わった。だが、その後、自分のパブに向かって歩きながら、ジョゼフ・ポールは物思いにふけった。姉の愚かさがもたらしたあの騒ぎ以来、姉が正面の窓から外を見ているのを、毎日のように目にしてきた。姉が何を探し求めているのかもわかっていた。姉が泊り客の靴を磨いているのを見かけると、姉の目にはそれらの靴がアーサー・テトロウの飾り穴の模様がついた黒い靴のように映っているのではないかと想像した。その幻影は、おそらく姉に残された最後の幻影だ。そして、どういうわけかは知らないが、姉の心の中のその幻影は、現実に起こっていると姉が想像している出来事のせいで、危険にさらされている。

パブのドアの鍵をあけながらも、まだそのことが頭を離れなかった。自転車に乗ったよそ者に向けられた敵意の源は、姉が獣医の必要品を商うセールスマンについぞ結婚してもらえなかった恨みにあるという確信は一層強まった。街路に面した長い部屋を通り抜けながら、ジョゼフ・ポールはこの結論に間違いはないとひとりごち、束の間、姉に対して、かつて抱いていたような同情を覚えた。

＊

朝食時の口論についてのミス・コナルティーの解釈は異なっていた。シーツを換えるのに忙しかったので、怒りにかられたことを後悔してはいなかったし、どうしてあんなにしつこくしたのかいぶかってもいなかった。彼女の考えは実際的で端的だった。それは、言いたいことを言って気分がよかった、というものだった。あのやりとりをしていたときに、弟の頭の中が読めたとしたら、彼女はきっと言っただろう。こういう状況で認知症なんていう用語を便利に使わないでよ、と。その種の病気は患っていないし、卵を配達してくれる若い子の幸福に関心を抱くようになるのは、当然の成り行きじゃないの。それ以上のことは何もないわ、と。

ひとつの客室の仕事を済ませ、次の部屋にとりかかった。まず上のシーツをはがして、次いで下のシーツをはがす。枕カバーをつかんで振り、中の枕を出す。アーサー・テトロウに身を委ねたときから、自分が何をしているかは、よくわかっていた。悔やまれるのは、留まるべきではなかった家に留まったことだけだ。わたしは必ずエリー・ディラハンを守る、そのために必要なことは何でもする。ミス・コナルティーは声に出して、きっぱりと言った。使用済みのシーツを集め、ベッドわきの灰皿の底を叩いて四つの吸殻を落とした。窓をあけ、ロールスクリーンを少し下げて両側の縁飾りのレースがよく見えるようにした。

＊

その同じ朝、パブの奥に手紙と請求書をもってきたバーナデットが帰ったあと、もしかすると姉の奇矯な言動には別の要素があるかもしれないという考えが、ジョゼフ・ポールの頭に浮かんだ。エリー・ディラハンとキャッスルドラマンドの男との間に起こっていると姉が信じこんでいることの内容から察するに、姉の心の中で羨ましさがつのって、それが憤りと化したのではないか。姉自身の恋の季節は終わり、今や姉は、赤の他人の男たちの靴を磨くことで満たされない気持ちを紛らわすしかないのだ。

この結論が正しいかもしれないという思いは昼までの間にだんだん強まり、ジョゼフ・ポールはかつていつも行動を共にしていた姉に、さっきとは別な意味で同情を覚えた。そして、長らく途絶えていたふたりの間のテレパシーの働きが復活したかのように、階段をおりる途中のミス・コナルティーも、もしかしたら、わたしは羨やんでいるのかしら、とふと思った。だが、その考えに進展する暇を与えず、ばかばかしいと打ち消した。

15

ある朝、フロリアンの元にパスポートが届いた。彼自身が撮った写真が糊づけされ、署名も自分が書いたものが貼られている。そして詳細項目には次のように記入されていた。**フロリアン・キルデリー。出生地＝ティペラリー県。目の色＝青。居住地＝アイルランド。**

ケヴィン・グレイスンという署名がある。これは何者かな、とフロリアンは思った。このパスポートはすべての国で通用する大切な書類だ。緑色のレザークロスの表紙に金色のハープが型押しされていて、すべてのページにエール、アイルランド、イルランドと三つの言語で国名が記されている。パスポートに書かれた文言は、パスポート自体の重要性を明確に述べ、所持者に自由に旅行する権利を保障し、必要な助けと保護を与えるよう要請する。

パスポートは自分の寝室のマントルピースの上に置いた。ここならいつでも目にはいり、なくす心配がない。フロリアンは見つかったスーツケースのうちの一番小さなものから白カビをこすりとった。そして濡れ雑巾で拭き、裏口のドアの外の日なたにおいて乾かした。

　同じ日の午後、慈善活動をしている婦人がふたり、衣類を取りに来た。父も母も亡くなったのは大分前です、とフロリアンは言った。向こうからその話題を出したわけではなかったが、何らかの会話が必要な気がしたのだ。

「おひとり暮らしですか？」二階に上がる途中で、眼鏡をかけたほうが尋ねた。

「ここはのどかでしょう」ともうひとりが言った。こちらの人の顔には見覚えがあったが、どこの誰なのか思い出せなかった。

「ええ、のどかなところです」

　こういう場所が荒れ果てていくのは残念だとふたりが考えているのが感じ取れた。フロリアンは両親が共用していた衣裳だんすの扉を開いた。亡くなった人の服をこんなに長くそのままにしておくのは変なことのように見えるかもしれないけれど、実際はそうでもないんです、と言おうかと思った。だが、そうでない理由が説明できそうになかったので、何も言わなかった。

「靴、それから靴の中に入れる木型もですね？」眼鏡のほうが尋ねた。ふたりのうちではこちらが年嵩で、銀髪もまばらになっているが、背が高く、まっすぐに立っていた。努力すればよい姿勢が保てるのだから、そうすべきだと自分を律しているかのようだった。

「ハンガーも？」もう一方が尋ねた。

「何もかもです。お差し支えなかったら」

「もちろん、差し支えなどありません。いただきます」

「大整理をなさっているんですか？」同じ人が重ねて訊いた。

「家を売ることになったので」

買い手になるかもしれない人たちがすでに何人も来ていた。感触がよいので、不動産屋は早々に成約するだろうと自信を強め、大勢いる債権者たちもすでに楽観的だった。何か値打ちのものがあるかもしれないということで、残っている家具を業者が見に来る日も決まっているし、不用品を入れるために玄関前の砂利の上に置かれた大型の蓋なしコンテナには、すでに半分ぐらい物がたまっている。

慈善活動家たちは帰り際に、どんなささやかなことでも助けになります、と感謝の意を表した。衣類の贈り先として考えている施設の名をあげ、もちろん地元の貧乏な人たちも対象にするとつけ加えた。フロリアンはそれで結構です、とうなずき、母のワンピースや父のスーツや靴を知らない人たちが身に着けているところを想像した。車が出るとき手をふると、向こうもふり返した。

ラスモイの広場で不適切なことを口にしてから、二週間以上経っている。自分の不器用さが今もたまらなくいやだった。鈍感にもほどがある、と思う。愚かにもほどがある。誰もが見られるようにそこにあった結婚指輪に気づかないなんて、あまりにも不注意だ。結局のところ、こちらがうっかりしていて迷惑をかけてしまったのだ。後悔にさいなまれるにつれ、許しを請いたい気持ちが強まった。どうしてもひと言、詫びたかった。

テニスのラケットと傘をコンテナに放りこみ、その上に石油ストーブを置いた。穴のあいたバケツ、ペンキの缶、火掻き棒も入れた。それからキッチンのテーブルに古い官製地図を広げた。父の持ち物で、燃やすつもりでいたものだ。地図の上にクリリー丘陵の名を見つけた。ノクレイ地区もあった。リスクィンもあった。リスクィンのふたつの並木道、キラニー旧道沿いの門番の家も見つけた。

＊

ディラハンは流し台で手を洗い、一日の汚れを落とした。片方の親指の爪のそばにひびが切れていて石鹸がしみたが、そのことは口にしない。ずっと昔は、母親が膏薬を用意していてくれたものだ。何という名の薬だったか、もう思い出せない。

ラスモイに行ったかい、とエリーに尋ねた。イングリッシュの店のコイルばねのことを訊き、急がないから、わざわざ出かけなくていいとつけ加えた。

「もう手配してくれているわ」とエリーは言った。

彼はうなずいた。キツネがうろついていないかと訊くと、いるわと答えた。前と同じやつが相変わらずいるの。

「犬たちがまっしぐらに鶏小屋に行って、周りのにおいをかいでいたわ。侵入されたようすはないけど」

「何か心配事があるんじゃないかい、エリー？」

「えっ、何もないわよ」リアダン先生に診てもらったらどうか、とディラハンは言ったが、エリーは首をふった。ディラハンは詮索好きなたちではない。当惑を感じても、その原因を探ろうとしないのが常で、自分の当惑をあるがままに受け入れる。だが、このときは、ある考えが彼の心をよぎった。その考えが浮かんだのは初めてのことだった。エリーは退屈しているのだ。毎日農場で過ごすのが淋しいのだ。家事をして卵を管理して、牛乳加工所を清潔そのものに保ったり、泥炭小屋に白いペンキを塗ったりするだけでは物足りないのだ。ほかのことをしたいと言いだしたことは一度もないが、きっとそうだ。

「何もなくてつまらないんだろう？」と彼は言った。

「大丈夫よ。何でもないの。ほんとうに」

「あんたがそうしたいなら、いつだって、車に乗せて、テンプルロスのシスターたちのところに連れていくよ。そうだとも、会いにいこうよ」

＊

ラベンダーは摘まれていなかった。草原が踏まれた形跡もなかった。リスクィンの門番の家のそばで待ちながら、フロリアンは『カラマーゾフの兄弟』を読んだ。昼近くまで読んだが、誰も来なかった。ほとんど空っぽになっている自分のうちに帰る途中で、ラスモイの町を通った。そこでも、広場の記念像のそばにすわって読んだ。ずるずると留まって時間を費やし、それから自転車で走り回り、商店の中を覗いた。諦めて、帰ろうかと思ったときにオープン・レンに声をかけられた。老人は通りの真ん中で手をあげていた。

「おかげさまで年寄りの肩から重荷が取り除かれました」

フロリアンはあわてて自転車をおりた。

「何のことです、ミスター・レン?」

「あなたさまが、あの記録をあるべき場所で保管してくださっている。ありがたいことです」

いや、前に会ったとき見せられた書類は結局、受け取らなかったじゃないかと反論しようとしてやめ、フロリアンはその代わりにこう言った。

「小さなテーブルの引き出しの中に」

「あれが引き出しに戻ったおかげで、夜もゆっくり休めます。ありがたいことです」

フロリアンが思わず優しい嘘をついたのは、おそらく、老人の思いこみの強さと、しょぼしょぼしていた目に宿った輝きにほだされて、深い同情を抱いたせいだった。

「目録には蔵書の一冊一冊について詳しい説明が載っております。わたしはその仕事に二年費やしました。その時のことをよく覚えています。仕事が半分終わった頃、リムリックの主教がサラダの中の小さな生き物に遭遇なさいました。主教は何もおっしゃらず、皿の脇に置いて、そしらぬ顔をされました。人が気づくようなそぶりは一切見せませんでした。わたしはディナーの席で

郵便はがき

料金受取人払

板橋北局
承　　認

1047

差出有効期間
平成28年7月
31日まで
(切手不要)

1 7 4 8 7 9 0

板橋北郵便局
私書箱第32号

国書刊行会 行

ご氏名《フリガナ》		年齢	歳
		性別	男 ・ 女
ご住所《フリガナ》	〒　　　　TEL.		
e-mailアドレス			
ご職業		ご購読の新聞・雑誌等	

❖ 小社からの刊行案内送付を　　□ 希望する　　□ 希望しない

愛読者カード

❖お買い上げの書籍タイトル：

❖お求めの動機
1. 新聞・雑誌等の公告を見て（掲載紙誌名：　　　　　　　　　　　　）
2. 書評を読んで（掲載紙誌名：　　　　　　　　　　　　）
3. 書店で実物を見て（書店名：　　　　　　　　　　　　）
5. 人にすすめられて　5. ダイレクトメールを読んで　6. ホームページを見て
7. ブログやTwitterなどを見て
8. その他（　　　　　　　　　　　　）

❖興味のある分野に○を付けて下さい（いくつでも可）
1. 文芸　2. ミステリ・ホラー　3. オカルト・占い　4. 芸術・映画
5. 歴史　6. 宗教　7. 語学　8. その他（　　　　　　　　　　　　）

＊通信欄＊　本書についてのご感想（内容・造本等）、小社刊行物についてのご希望、編集部へのご意見、その他。

＊購入申込欄＊　書名、冊数を明記の上、このはがきでお申し込み下さい。代金引換便にてお送りいたします。（送料無料）

書名：　　　　　　　　　　　　冊数：　　　冊

❖最新の刊行案内等は、小社ホームページをご覧ください。ポイントがたまる「オンライン・ブックショップ」もご利用いただけます。http://www.kokusho.co.jp

＊ご記入いただいた個人情報は、ご注文いただいた書籍の配送、お支払い確認等のご連絡および小社の刊行案内等をお送りするために利用し、その目的以外での利用はいたしません。

口を開くことはありませんでした。会話に加わる立場ではなかったからです。パーフリー大佐夫人は、現れたときから、いつもとようすがちがいました。大佐は夫人のことを心配されました。ユニエイク家のお嬢様方はいつも、並んだ席にすわりたがりました。キャヴェンディッシュの坊ちゃまは、肉を切ってもらわなくてはなりませんでした。でもわたしは食卓では常に沈黙を守っていました」

フロリアンは相手を遮らず、話が一段落するごとにうなずいた。

「当時の執事はスタンドルビーでございました。ノーフォーク出身のイングランド人です。ノーフォークの警察に追われている、というのが厨房での噂でしたが、わたしは信じておりません。でも、執事というのは偉そうにできる立場です。物腰が尊大だと申しておりました。厨房の連中はスタンドルビーのやり方に反発していました。皿洗いのティーグが不平不満を並べたときに、そう言ってやりました。結局、ミスター・スタンドルビーはクビになりまして、フランクリンがヴィリアード＝スチュアート家から移ってきました」

「なるほど」

「ミスター・スタンドルビーが酒におぼれたのが原因でした、お聞き及びでございましょうが。人当たりはよかったのですが、食品庫の酒が減っておりまして」

「はあ」

「リスクィンほどの大きなお屋敷になりますと、びっくりするようなことがあるものでございます。わたしの知っている最初の女家庭教師がわたしにそのことを打ち明けました。この人は細長い図書室に入ってきて、マコーリーの『評論集』を探していると言いました。わたしはその本が置いてあるところに案内しました。すると、彼女はそこで、その打ち明け話をしたのです」

「なるほど」

「ハーリー横丁の坂の一番高いところに立つと、リスクィンの暖炉から出ている煙が見えます。煙が見えないときは、石炭が配達されていないのだとわかります」

「ええ」

「今はまた煙が立っています」

「そうでしょうとも」

ちょうどそのとき、エリー・ディラハンがふたりのそばを通りかかった。ふたりが立っている通りを横切ったのだ。半身の肉を吊るして運搬するトラックが間にあり、フロリアンにはエリーの姿が見えなかった。

*

けれどもエリーにはフロリアンが見えた。フロリアンはオープン・レンの話に耳を傾けていた。やがてフロリアンは片手をあげた。出会いの終わりを告げるその仕種を、オープン・レンは恭しく受けとめた。わたしはフロリアン・キルデリーを愛している、とエリーは声には出さず、つぶやいた。そして、彼の自転車が広場を離れ、キャッスルドラマンドへの道に向かうのを見送りながら、その言葉をくり返した。

16

残っている壁の内側にイラクサがはびこっている。隅っこからキイチゴの茂みが広がり、タデが伸び、タンポポが彩りを添える。ドアの枠はほとんど腐って崩れ、根太《ねだ》がたわんで落ちこんでいる。リスクィンの門番の家には、もともと階段はない。

家の外には、錆びて穴があいた波型鉄板が一枚、揚水ポンプによりかかっている。土の脇道に面した高い門には鎖がかけられ、門から続く並木道を横切って、牛を出さないための柵がある。並木道はさらに続き、カーブしながら、牛が草をはむ放牧地の中を伸びていく。

フロリアンは今ではしばしばここを訪れる。だが、いつ来てもラベンダーの花は摘まれていない。草がへこんでいるのも自分が歩いた跡だけだ。家を売る話がまとまって、もう家を見に来る人はいない。要するに、彼はひまだった。

一度は自転車でノクレイに行き、農家のそばを通り過ぎた。きちんと手入れされた白い家で、あたりには誰もいなかった。この家に間違いないと思ったが、また迷惑をかけるのを恐れて通り過ぎ、大回りして門番の家に戻った。アイルランドを永久に去る前に、ひと言詫びさせてと頼むのはそれほど大それたことではないと思う一方で、悲観的な気持ちが日ごとに強まっている。フロリアンは鉄片を見つけて、ラベンダーにからみつく蔦の根をできる限り、ほじくりだした。自分が行ってしまったあとで、彼女がここに来て、これをしてくれたのはあの人かしら、と思ってくれないだろうかと淡い希望を抱いた。だが、そんなこと考えるわけがないと、その思いを打ち消した。

そして、ある朝、いつも以上に長く待ったあげく、もう来るのはやめようと決めたとき、道路で物音がして、静けさを破った。それまで物音がしたことは一度もなかった。誰も何も現れたことがなかった。

*

女が踊り、男たちが手を打ち鳴らしている。女は笑いながら踊っている。投げ出すように両腕を広げ、赤いスカートをひるがえし、髪を乱して踊っている。短い草の上に伏せた本の表紙が日の光を浴びてぎらぎらしている傍らに、彼が膝をついていた。ラベンダーが生えているところのそばだ。前に会ったときと同じ帽子をかぶっている。

「やあ」と彼が言った。

エリーは自転車を押して、かつて裏門があったところから敷地の中に入った。彼はその自転車を引き受け、自分の自転車のそばに置いた。

「きみのラベンダーが枯れかけている。知ってた？」

「いいえ。そうなの？」

「できるだけ、雑草を取り除いておいた」

＊

彼女が着ているのは、前のとは違う、緑色の縞のワンピースだった。自転車の前籠に入っている黒いハンドバッグは、つやつやした表面がところどころ剝げている。彼女の鼻筋に沿ってそばかすが散らばっていて、わずかだが額の上にもある。フロリアンは初めて、そばかすに気づいた。

「この間のことだけど、困らせるつもりはなかったんだ」と彼は言った。「ここには何度か来た。きみが来ていたら、謝ろうと思って」

「わたしこそ、あんなふうに逃げ出しちゃって」

「いいんだよ」

「いいえ、何も言わずにいなくなるなんて、しちゃいけなかったわ」

エリー・ディラハンが話すのを聞いて、フロリアンは彼女が自分を愛しているのを感じとり、たじろいだ。シェルハナは売れたも同然だし、パスポートがマントルピースの上にあって、スーツケースは詰めこまれるのを待っている。まだ始まってもいないことを終わらせるのに少しでもましな言い方はないかと探した。だが、思い浮かばなかった。彼の頭の中を占めているのはイザベラだ。彼女の微笑み、彼女の声、さまざまな場面での彼女の姿。今、目の前にいる女ではない。目の前の女は言っている。よかったら、あのお年寄りの話していたお屋敷のあったところに案内してあげましょうか、と。彼は再び、たじろいだ。沈黙がありえないほど長く感じられた。

「もし、きみにその時間があるなら」と彼は言った。

＊

ふたりは自転車をそこに置いていった。すでに自転車から離れて歩きはじめながら、ええ、時間ならあるわ、十分あるわ、とエリーは答えた。ラスモイの町なかで人々に囲まれてびくびくしているときとは大違いだ。ここには静けさがある。そして、まるで自分ひとりでいるかのように、その静けさの中に溶けこんでいられる。

フロリアンに有刺鉄線の間を広げてもらって、そこを通り抜けた。並木道を横切るように木が倒れているところでも手を貸してくれた。そのとき差し出された手をとったのが、触れ合った最初だった。静けさはまだそこにあった。

＊

「ずっと丘のほうに住んでいたのかい？」と彼は尋ねた。「今のうちに住むようになる前も」

「わたしはもともと、あの家の家事をするために雇われたの」クルーンヒルの施設から来たのだとエリーはつけ加えた。

「みなしごだったの？」

「拾い子と呼ばれていたわ。クルーンヒルにいる子はみんなそうだった。みんな、どこかで拾われたのよ」

並木道に沿って金網がはりめぐらされている。その途中の、出入り口の扉があるところにすわりこみ、扉の桟に背中をつけてもたれた。並木道の両側の放牧地の牛たちが好奇心満々で寄ってきて金網を頭で押した。ふたりは立ち上がって歩き出した。フロリアンはポケットに手をつっこんで煙草を探したが、見つかったパッケージは空だった。

「その施設はひどいところだった？　つらかった？」

「みんな物心ついたときにはそこにいたの。シスターたちが誕生日を決めてくれて、名前をつけてくれたの。わたしたちがどこの誰の子かは、わたしたち自身もシスターたちも知らなかった。いいえ、ひどいところじゃなかったわ。いやじゃなかった」

クルーンヒルは元は馬を扱う商人の家で、慈善目的に使ってほしいという遺言とともにテンプルロスの修道院に託された。その素っ気ないコンクリートの建物は、収容施設らしい厳めしさが加わって一層醜くなった。カーテンのない窓は下半分のガラスが白く塗られていた。馬商人の舞踏室は引き続き、舞踏室という名で呼ばれ、そこでは何代もの拾い子の少女たちが冬の夜には薪ストーブの周りに集まり、よそで使い古された末に寄贈された机にふたりずつ並んですわった。二階の寝部屋のマットレスも、食堂にあるモミ材の長いテーブルも、衣服もくたびれた教科書もみな、よそからのお下がりだった。

フロリアンは、浮世から隔絶されたその世界に入っていった。むきだしの階段を昇り降りする足音。一日を正しく始めるために唱えられる公教要理や祈りの言葉。古くなった粥のすえたにおい。控えめで従順な十五人の拾い子の女の子たちが一列に並んで黙って立っている。十五人はこの家が収容できる最大限の数だ。女の子たちは洗った両手を差し出す。髪は短く、体に合わない衣服に体を合わせて着ている。一日の終わりには、それぞれ金属製のベッドの傍らにひざまずく。そこにだけ、柄物のリノリウムの切れ端が鋲でとめつけられている。昼間の服をすっかり脱ぎ終わる前にネグリジェを着はじめることで、最小限のプライバシーが守られる。

馬商人の果樹園にリンゴが実る。野原にはブラックベリーが実る。ジャガイモは自分たちで栽培し、牛乳は近くの農場から寄付される。クルーンヒルには男は雇われていない。発電機が故障したり、煙突が詰まったり、冬に配水管が凍ったり、夏にスズメバチが巣をつくったりして男手が必要なときだけ、頼んで来てもらう。

春には修道院長先生が施設にいらっしゃる。次は八月の遠足。ホーリークロス修道院の神聖な雰囲気の中でロザリオの祈りを唱える。少女たちは、大工仕事を担当するシスターが自分の小屋で亡くなっているのを発見した。シスターは八十一歳になる少し前だった。ばらばらになった額縁が万力で固定されたままになっていた。悪い言葉を真似すると罰せられる。配達に来た男の人に話しかけたり、〈ユー・アー・マイ・サンシャイン〉や〈ベサメ・ムーチョ〉をささやき声で歌ったりすると罰せられる。舞踏室で舞踏すると罰せられる。あるものを受け入れること。わたしたちは幸運なのだから。

*

並木道が終わると、その先の何もない平たい場所を苔が覆い、クローバーがまばらにはえている。小さな門があってそれをくぐると、小道が伸び、木々の中に消えていく。この小道も壊された館に通じる道だったのだ。もう一本、並木道があるが、草がひどくはびこっていて、道とはいえなくなり、消滅しかかっている。ふたりは歩いてきた道を戻った。

「案内してくれてありがとう」フロリアンは別れ際に言った。

エリーが去るのを見送った。自転車のタイヤが乾ききった路面をこすると、埃が舞いあがった。エリーはふり返らなかった。ふり返ってくれてもいいのに。ふり返るのはエリーの性に合わないのだ、とフロリアンにはすでにわかっていた。目で追ううちに狭い脇道がさらに狭くなり、ほどなく姿が見えなくなった。

17

　リスクィンの門番の家がふたりの逢う場所になった。壁の一面の緩んだ石の後ろに空洞があり、約束した日時に行けないときにはそこに手紙を隠すことができた。ふたりは自転車の傍らに、日を浴びて横たわった。自転車はいまや、一緒にいるための手段として特別な意味をもっていた。ふたりはどこにも通じていない並木道をくり返し歩いた。だが、その先の何もない場所を越えてさらに歩を進めようとはしなかった。その方角にさらに進めば、車やトラクターが通る道路や、小さな平屋が建つラスモイの周辺部に至るしかないのがわかっていたからだ。並木道の上の木が何本も倒れているそばで、ふたりは初めて抱き合った。

　その後、ふたりはマウント・オルリー・ガーデンズの迷路とそこの喫茶店を発見した。観光客相手の場所で、地元の人間はあまり来ない。舗装されていない脇道に自転車を走らせて、イナにも出かけた。ここにも野辺の偉大な十字架《グレート・クロス・オブ・ザ・フィールド》と呼ばれる観光名所がある。ふたりはライアの森の中を歩き、バリーヘイズの修道士たちの墓を訪れ、ゴータラッサの巨石遺跡まで登っていった。もう二度と、ラスモイで一緒にいるのを人に見られることはなかった。

いずれオープン・レンがリスクィンに姿を現すに違いないとふたりは思っていたが、来なかった。ほかの誰もやってこず、邪魔されることなく安らぎに浸っている実感が、ふたりにとって秘密の避難所になった。そして、エリーが長い間忘れていた思い出がよみがえり、堰を切ったように流れ出した。

「話すようなことは何もないわ」農場に来た経緯を訊かれてエリーは言った。

「それでも教えてほしい」

「みんなと同じよ。みんなどこかへ送られたの」

シスターたちが、少女たちを引き受けてくれるところがないかあちこち訊いてまわり、話をまとめる。その日が来ると、少女たちは玄関ホールに集まり、出所する仲間にさよならを言う。引き受け先が見つかるのは幸運なことなのだ。

「いつもそう言い聞かされていたの。だから、引き受け先の見つかった子は喜んで行ったわ。いやがる子はいなかった。話がまとまると、みんな、嬉しくてわくわくしていたわ。どこに行くことになるのかしら、とみんなでよく予想したものよ。みんな、町に行きたがってた。わたしが行きたかったのはウォーターフォード。名前の響きがいいから。でも、農場に決まったと、シスターたちに教えられたの」

クルーンヒルでの子ども時代について訊かれれば訊かれるほど、訊いてくれる彼へのエリーの愛情は深まった。今でもときどき変わった人だと思うけれど、生まれたときから彼を知っているような気がした。彼が話してくれた彼自身の過去は、エリーの一部になった。彼が子どもの頃にひとりでした遊び、彼が描写するシェルハナ屋敷の部屋部屋の散らかりよう、催されたパーティー、描かれた絵。空気がひんやりとして、木々が濃い影を落とすライアの森の中にふたりでいるとき、あるいは修道士たちの墓の間を歩き回っているとき、いや、どこにいてもいい、彼とふたりで、かわるがわる話したり、耳を傾けたりすることは、エリーにとって、これまで知っている友情以上の何か、これまで知っている人生以上の何かだった。

「農場だと聞いて、それから?」マウント・オルリーの喫茶店で、彼が先を促した。身を寄せる先にいるのは、妻を亡くした男の人だとシスター・アンブローズが教えてくれたのよ、とエリーは言った。

「『みんな玄関ホールに行きなさい、五時半か六時に車が来るから』と、シスター・アンブローズがおっしゃったの。それでわたしたちは玄関ホールに行ったの。窓が雨に打たれていたわ。半円形の明り採り窓もよ。外を見た誰かが車に気づいた。そして、ベルにつながっている針金がかちゃかちゃ音をたててから、ベルが鳴った。いつもそうなの。シスター・クレアが急いで玄関のドアをあけると、女の人がひとり、水を滴らせて入ってきた。『用意をさせてお待ちしていました』シスター・クレアはそう挨拶して、『前に出なさい』とわたしに言った。『あなたなのね?』

と女の人が訊き、『大きな声でお返事なさい』とシスター・クレアが言った。わたしの持ち物を入れた木箱は、返さなきゃいけないことになっていて、シスターがそう言うと、女の人は『じゃあ、次に通りがかったときにお返しします』と答えたわ。『エリーのために箱を運んであげなさい』とシスター・クレアが指図した。誰かが旅立つときには、いつもそうしていたから。その夜、わたしの荷物を運んでくれたのはローズとフィロミーナ。『じきに慣れますよ』車に乗ると女の人はそう言ったの。フロントガラスのワイパーが動いていた。その人は農場の男の人の女きょうだいのひとりだった。わたしの顔を見ようと、もうひとりの女きょうだいも農場で待っていたわ。男の人が木箱を二階に運んでくれて、女きょうだいが帰り際にそれをもっていったの。わたしは農場で起こった事故のことを知っていたわ。シスター・アンブローズから聞いていたの。こういうことは知っておかなくてはなりません、とシスターは言った。その男の人がまだ打撃から立ち直っていないかもしれないから、知っていたほうがいいのです。奥さんが亡くなったのはお気の毒なことで、運がいいなんて言ってはいけないだろうけど、でも、お互いによかったんじゃないでしょうか、こういうふうになって、って。わたしは、農場だということは気にならなかったわ。全然、気にならなかった。農場の仕事はじきに慣れたし」

「その事故というのは？」

「トレーラーに荷が積んであって、彼はその向こうを見通すことができなかった。後ろの板の留め具が緩んでいるのに奥さんが気づいて、赤ちゃんを抱いたまま、ピンを正しい位置にはめこもうとしたの」

彼は農場を売り払おうとさえ考えたのです、とシスター・アンブローズは言った。事故のことには一切触れようとしないかもしれない。それについてのこと、どういうふうに起こったとか、そういうことを何にも言わないかもしれない。すごくこたえているからこそ、話せないんじゃないでしょうか、と。

「それで、実際はどうだったんだい？」

「農場に着いた夜に話してくれたわ」

隠しておくわけにはいかない、とその夜、ディラハンは言った。エリーが修道女からすでに聞いているとは知らなかったのだ。彼は懐中電灯をキッチンの窓の外に向け、中庭のコンクリートの上のその場所を照らした。黒っぽいしみが残っていた。あそこを歩くことはない、と彼は言った。彼は家じゅうのものの定位置をエリーに教えた。水差しやカップはフックに掛ける。保険料はオールド・ムーア年鑑に隠す。鍵は階段のそばの釘に。食器棚の引き出しの中身はこれこれだ。二階にも案内した。家の表の居間、エリーが眠ることになる寝室。料理はできるか、と彼は尋ねた。

そんなふうにディラハンとふたりきりで暮らして二、三年が過ぎた、とエリーは言う。そして、彼はわたしに結婚してくれないかと言ったの。十分に時間をかけてよく考えてくれ、と。

「シスター・アンブローズに結婚式に来てほしかったわ。シスター・クレアも一緒にね。でもふたりとも来られなかった。ファーモイで黙想に入っていたから」

フロリアンは感じていることを口にしなかった。そういうことは、あってはならなかったのだ。不幸な事故を忘れられないでいる男のもとに、きみが送りこまれるなんてことは、あってはならなかったのだ。言わなかったが、そう思った。気取られまいとしたけれど、顔に出てしまったのではないかと危ぶんだ。

「恐ろしい場所というわけじゃないの」彼の考えを読み取ったかのように、エリーが言った。「あることがそこで起こった、というだけ」

18

八月が来て、夏の盛りになった。ラスモイは静かだった。ささやかな出来事が起こっては、人々の口の端《は》にのぼり、やがて忘れられた。近くでレースがあるときには、J・P・フェリスやギャングリーやマグレガーとかいうブックメーカーたちが県都のクロンメルからやってきて、広場四番の館に滞在した。カトリックの司祭たちは信者たちの罪の告白を聞いてやり、赦しを与え、聖餐式でホスチアを授けた。一方、アイルランド聖公会のわずかばかりの会衆は不屈の意志をもって、毎週の礼拝に集まった。放浪民《トラベラー》*の若い女たちが赤ん坊を抱いて、道路沿いのトレーラーハウスやテントから町なかに出てきた。夏が始まってから今まで重大な犯罪は起こっておらず、今も何もない。全部で二十一人の子どもが生まれた。

*アイルランド島の放浪民を起源とするとされるマイノリティー。主にアイルランドやイギリスに居住する。

ダブリンのステンドグラス工房からふたりの職人が来て、レデンプトール会の教会の、取り替えられることになっている窓の寸法を測った。受胎告知の下絵はまず司祭館で称賛され、のちに司教にも褒められた。マゲニス通りの両側の石畳が十月に改修されることになった。アイルランド通りのラジオ・テレビ販売店はネオンサインを取りつけることを許可された。この店の上階にはバーナデット・オキーフが住んでいる。来年のいちご祭りは一週間早まることが決まった。

ミス・コナルティーは以前、フロリアン・キルデリーが町の人たちの目についているとほのめかした点では間違っていたが、その点では彼女は正しかった。だが、噂話の種になっていると述べたのは、噂をしたのはミス・コナルティー自身だけで、弟のジョゼフ・ポールが唯一の聞き手だった。彼はパブの奥でバーナデット・オキーフに愚痴を言った。「まったく、姉にそんな話ばかりされて頭がおかしくなりそうだ」姉の嫌う男をようやく自分の目で見る機会を得たのち、彼はバーナデット・オキーフにその男の身辺調査を頼んだのだった。バーナデットはやる気満々で引き受けた。そして、その後、この問題を巡って広場四番の館で交わされるやりとりについて、しょっちゅう聞かされるはめになった。「姉の言い草では」と雇い主は言った。「その男を野放しにしておくべきではないそうだ」

ジョゼフ・ポールはエリー・ディラハンについて姉と初めて口論した朝、思いがけず姉に同情を覚えた。だが、その気持ちはとっくの昔に薄れ、裏手の客室についての最近の対立の中で消滅した。バーナデットはこの家族間の感情の変化を知ってはいなかった。彼女の見るところ、よそ者の男がかかわってきたということ以外、広場四番の館には何の変化もなかった。そういうわけだから、オープン・レンがその男をセントジョン一族の一員だと考えたということを今、伝えることに意味があると思い、雇い主にそのことを話した。

「ほんとうにそうだとは思えませんが」と彼女はつけ加えた。

セブンアップがすでに注がれていて、雇い主はバーナデットのグラスを彼女のほうに近づけた。彼は自分の姉が情報を求めている件について、新しい要素が絡んできたことについて当惑や懸念を示さなかった。だが、偏屈な性格の持ち主であるミス・コナルティーがそこからまた、妙なことを考えつくのはほぼ確実だ。

「それは姉に隠しておいたほうがいいだろう」彼はちょっと間を置いて言った。「ゆうべ、姉に言ったんだよ。その問題をすっかり頭から追い出すわけにはいかないだろうか、と。何か熱中できることを見つけたらいいんじゃないか――たとえば、革細工を趣味にするとか、裏手に小さな花壇をつくるとかしたらどうかなってね」

「花壇づくりはお気に召すかもしれませんね」

「いや、猫に話しかけたほうがましだったよ」

ミス・オキーフはうなずいた。できれば、甘くて苦い果汁飲料《コーディアル》にジェムソンのウィスキーをちょっと加えたものを飲みたいところだったが、そうは言わなかった。彼女はまだ署名のない小切手をテーブルに並べ、彼のほうに押しやった。この人はお母さんが亡くなってからずっと淋しいのだ。毎日見ているとよくわかる。夕方になるとニーナ街道を散歩するが、結局、最後は墓地に行く。週末も同じだった。

「セントジョン家のことをお話ししたのは、もしかすると何かお心当たりがあるかと思ったからなんです」

「教えてくれてよかったよ、ミス・オキーフ。マカフリーの小切手は来たかな?」

「いえ、まだです」

「もう一、二日待とう。それでいいね?」

この人はいつもわたしに意見を求める、とバーナデットは思った。この頃では自分の家なのに一泊だけの客にも劣るような扱いしか受けておらず、通いの女中にも舐められている、と人が噂するのを小耳にはさんだ。夜はよく眠れているのだろうか。

バーナデットは書類を集め、小切手を数えながら書類入れにしまった。そして、そうですね、木曜まで待ちましょう、と同意の言葉を返した。木曜日になったら、催促状を送りましょう。

＊

やがて、バーナデットの調査が成果をもたらし、それによってミス・コナルティーは、自分が反感を抱いている男についての情報を得た。自転車を乗り回しているのは、車の運転ができないためだと思われること、見たところ生計を立てる手段をもっておらず、遺産として相続した屋敷を売ろうとしていること、国外移住を計画していること。男の身元もわかり、彼の名がミス・コナルティーに伝えられた。セントジョン家との関係は否定された。キャッスルドラマンドでは、人づきあいをせず、孤立しているという噂だ。

「ラスモイではそうじゃない。人とつきあっている」ミス・コナルティーは剃刀のように鋭く言い返した。「大違いだわ」

「報告されたとおりのことを話しているだけだ」

会話が行なわれているのは館の表にある広い居間で、ジョゼフ・ポールは肘掛け椅子にすわり、読みかけの新聞を膝の上に広げて置いていた。姉はマントルピースのそばに立っている。

「彼と話をしたの？」姉が訊いた。

「どういうふうにであろうと、あの男に近づくつもりはないよ。町の中を自転車で走り回っているというだけで、知らない男に文句をつける理由なんぞ、どこの世界にもありはしない」

「あの男、エリー・ディラハンにちょっかいを出しているのよ。彼女のようすを見ていればわかるわ」

「ミス・オキーフの報告には、あの男が女を追いかけているという話はまったく出てこなかった」

「あの子がどういう気持ちだろうと、あんなことをしていて無傷ではすまないわ」

「エリー・ディラハンの気持ちについては何もわからない。頭がこんがらかっているようだね。

あの男はエリー・ディラハンとはかかわりのない別個の存在なのに」

「同情心っていうものの持ち合わせがないの？　ディラハンが気の毒だと思わない？　そうでなくても、あんなつらい経験をしたのに。エリーはディラハンのところに居場所を見つけた。あのふたりは不幸せな者同士、お似合いのカップルなのよ。それなのによそ者がわりこんできて、よからぬことをするなんて」

　弟がふたたび反論し、手ぶりを交えて何か説明していたが、ミス・コナルティーは聞いていなかった。どうせ聞きたくもないことに決まっている。弟は何もわかっていないのだから、しょうがない。生まれたときからずっと守られて、甘やかされ、世の荒波にさらされていないのだ。うら若い妻がよその男にのぼせあがっているという噂は、ディラハンの耳に必ず入るだろう。その次に何が起こったとしても、誰が彼を責められよう。

「あの子がディラハンに追い出されたら、うちで預かる」ミス・コナルティーは突然生まれた強い決意とともに誓った。「エリー・ディラハンはこの家に住み、胸を張って生きるのよ」

19

中庭に面したドアのひとつの上の蝶番が緩んでいる。ディラハンはドアを持ち上げ、下辺に薪をはさんでから、支えの棒をあててドアを安定させた。

ネジ釘は簡単に外れた。蝶番の新しい取りつけ位置に小錐の先で印をつけ、脇柱にちょうどよい深さの穴をあけて、ネジ釘をねじこんだ。

「十一月になったらクレオソートを塗りかえよう。去年はやったかな。やっていないような気がするな」ディラハンはドアを動かしてみた。「これでいいかな」

だが、そこにいたはずのエリーはすでに家の中に戻っていた。キッチンの窓の脇に佇んで、夫が、使った薪を薪小屋に戻し、道具を拾い集めるのを見ていた。急いでくれればいいのに、さっさと片づけて出かけてくれればいいのに、と苛立ちがつのって窓辺から離れられなかった。壁際近くに立っているので、中庭からは姿が見えないはずだ。一分もかからないと夫は言ったのに、もう一時間も経っている。サンドイッチは飲み物を入れた水筒と一緒に、すでにトラクターの中に置いてある。きょうは一日野良仕事だと夫は言っていた。やぶを刈って、そのあと回転刃を使って耕さねばならない、と。

夫が入ってくる必要もないのにキッチンに入ってきた。「みんなトラクターに入れたわよ」とエリーは言った。自分の声を聞いて、今まで夫に対してこんなつんけんした口を利いたことはなかった、と思った。だが夫に、気づいたそぶりはなかった。夫はさらに十分ばかり手間取った。何かを探して食器棚の引き出しをかき回していたが、見つからなかったようだ。夫はやぶのはびこっている耕地についてすでに話したことをくり返して言った。

夫が倉庫から回転刃つき作業機を引きずり出してトラクターの後ろにとりつけるのを、エリーは窓から見ていた。夫が犬たちを乗せてトラクターを出したあともなお、エリーの苛立ちは尾を引いていた。初めて経験するその苛立ちが、エリーは嫌でたまらなかった。

＊

フロリアンはシェルハハナが売りに出されていて、すでに成約したこと、それが自分のものでなくなると同時にアイルランドを離れるつもりだということを黙っていた。修道士たちの墓の間やリスクィンの並木道を歩きながら、そして喫茶店やイナにいるときも、何度も何度も、きょうこそは別れる前に、言うべきことを言おうと決意した。だが、いつも言えずじまいになった。黙っているのは、苦痛を引き起こしたくないという気持ちからなのか。それとも、ひっそりと始まり、いつしか喜びとなった関係を唐突に終わらせたくないという気持ちからなのか。あるいは、過去においてしばしばそうであったように、隠し事を愛する気持ちが制御不能になっているのか。自分でもわからなかった。だが、すべきだと思うことを先延ばししながらも、それは自分の裁量ではどうにもならないことであり、自分の意思とかかわりなく、いずれ起こるのだということはわかっていた。

この朝、かねて約束したとおり、ゴータラッサのふもと近くの斜面にある赤い納屋のそばで待ちながら、フロリアンは切羽詰まった気持ちでそのことを意識していた。エリーが遅れていることで、時のもつ重みをひしひしと感じた。もう、思っていた以上に短い時間しか残されていないのだ。

なおも待つうちに、遠くにエリーの姿が見えた。今では彼女のことをとてもよく知っている、とフロリアンは思った。エリーの灰色がかった青い目、唇の柔らかさ、声、微笑、控えめだが落ち着いた態度。きょうはどのワンピースだろう。会う前にあれこれ予想する癖がついていて、きょうもそうした。青のか、緑のか、それともスイカズラの柄のだろうか。結婚の際に夫から贈られた腕輪も、シスターたちがくれた安っぽいブローチも、くたびれたハンドバッグも皆、フロリアンの目になじんでいる。そして、フロリアンはよく知っている。出会ったときに彼の胸に親愛の情をかきたて、今も変わらずかきたてる清らかさと優しさを。

ふたりは自転車を押して、納屋の脇から伸びている道を進んだ。きょうは、前回ゴータラッサに登ったとき以上に高くまで登ることになる。ふたりは氷河湖まで行きたいと思っていた。道がなくなったところに自転車を置き、立石が輪をなしている遺跡まで登っていった。そこで休憩しているときに、フロリアンはエリーに打ち明け話をした。

「でも、なぜ？」エリーは問いかけた。「どうしていなくなってしまうの？」

「家が売れたら、アイルランドにはぼくの住むところがなくなる」

「家を売りに出してるなんて、知らなかったわ」

「清算しなくてはならない負債があってね」フロリアンはちょっと口をつぐんだ。「もっと早く話していたら、ぼくらの夏が台なしになっていただろう」

エリーが目をそらした。あとどのくらいの時間が残されているのか、怖くて訊けないのだと、フロリアンにはわかった。

「夏が終わるまでは大丈夫」エリーが問いを口にしたかのように、彼は言った。「明け渡しの日はいずれ決まるだろうが、ずっと先のはずだ。十月ぐらいかな」

「そのときが来たら、あなたは行ってしまうのね」

「ああ」

洗いざらしたような薄い水色の空に、ジェット機が白いリボンの尾を引いて飛んでいくのがフロリアンの目に映った。白いリボンは細長い切れ端に分かれ、それも薄れて消えていった。

「行ってしまったらもう戻ってこないの？」

「戻ってこない」

「セントジョン一族のように？」

「うん。そうなんだろうね」

立石のひとつから別のひとつに、ヒバリが飛び移った。まだつつかれていない死骸の真上で、ノスリが空中に静止している。丘の斜面の高いところに羊が一頭だけいて、ゆっくりと動いている。

「がっかりしないで、エリー」

エリーは首をふった。何も言わなかった。

「黙っているわけにはいかなかった」

「わかってる。わかってるわ」

ふたりはシダやワラビの中を歩いた。湿地であるところが、今は乾燥していた。ふたりは斜面の裾をまわった。そのほうが近道だからだ。遠くでお告げの祈り《アンジェラス》の時を知らせる正午の鐘が鳴るのが、静けさの中に微かに聞こえた。

＊

彼はいなくなる。いずれ、あの人はいなくなってしまった、ということが毎朝、最初に頭に浮かぶ考えになるだろう。今、朝起きて、まっ先に思うのが、あの人がいてくれる、ということであるように。そのとき、まぶたを開いて目に映るのは今と同じ薄桃色の壁、空っぽの暖炉の上の聖画、窓辺の椅子にかけた服だろう。彼はいなくなる、死者がいなくなるように。そして彼がいないという思いは一日中ついてまわる。台所にも、中庭にもついてくる。レイバーンレンジの無煙炭を運びこむときも、ミルク缶を煮沸するときも、雌鶏に餌をやる間も、泥炭を積み重ねているときも、牧草地に行っても、その思いは離れない。卵を携えて司祭館のドアが開くのを待つ間も、ミス・コナルティーが財布の小銭を数えながら出している間も、イングリッシュ雑貨店の補聴器の人が保温シートや乳牛用乳腺パッドを探してくれている間も、その思いがいつも心の中にあるだろう。一生を共にすることを誓った夫の傍らに横たわっているときも、夫のために料理し、夫のためにパンを切っているときも、夫の好きなオールドタイムのダンス曲がラジオで鳴っているときも。

「あなたは行きたいの?」

「アイルランドにいる理由がもうないんだ」

「行かないでくれたらいいのに」

＊

ふたりは氷河湖に着いた。ぼくらが経験した、そして今も経験しつづけている夏は永遠にぼくらのものだ、とフロリアンは言った——仄暗いライアの森、オルリーの迷路、ラベンダー、蝶々。ぼくのクルーンヒル、ぼくの思い描いたクルーンヒル、そしてきみのシェルハナ。「そのすべてがね」とフロリアンは言った。思い出はなくならない。

そんなことを言っても慰めにならないとフロリアンは知っていた。だが、これが彼にできる精一杯のことだった。絶望を吹き飛ばすことはできない。思い出したくはなかったが、フロリアンはかつて自分がずっと隠していたことをうっかり口にしてしまったときに抱いた絶望感を思い出した。あのときは、ふたりして庭で本を読んでいた。そしてそのことがあったあとも読みつづけた。イザベラは何も言わなかった。

池に近いような小さな湖が三つあって、その上に荒涼たる岩壁がそびえている。日の光が届かない湖の水は暗く、凍っているかのように静かだ。小鳥も、ほかの生き物もおらず、音もしない。写真に熱中していた頃に来たらよかったかな、とフロリアンは思った。だが、記憶は写真以上にありのままにこの光景を保存するだろう。

別れる前に触れ合ったお互いの顔は冷たかった。どこへ行くの、と彼女は訊いた。

「たぶん、スカンジナビア」と彼は答えた。

*

シェルハナに戻る途中で、フロリアンは〈ダノ・マーニー〉に立ち寄った。カウンターで飲んでいたふたりの客が、グレイハウンドについての話を中断して顔をあげた。元ボクサーの店主が無愛想な会釈を寄越した。フロリアンはグラスをもって隅のテーブルに行った。ミセス・コナルティーの葬式の日にすわったのと同じ場所だ。

父に連れられてきたのが、この店に来た最初だった。店主は今とは違う男で、もっと愛想がよかった。父は店主をよく知っているようだった。それは母が死んで数日後のことだった。飲まずにはいられない、と父が言いつづけていた頃だ。思い出話をよくした頃でもある。イタリアの話、恋の話。駆け落ちしてアイルランドに来て、シェルハナを見つけたこと。ジェノバから遺産が入ったとき、ヴェルデキア家の体面を汚さないよう、国外にいることへの見返りであるかのように感じたこと。「だが、わたしはヴェルデキア一族が好きだったんだよ」と父は打ち明けた。「あれの身内だから、というのがその理由だったろうが」

カトリック教徒の家に生まれたが、堅い信仰の持ち主というわけではなかったフロリアンの母は、死後、夫と別れ別れにならずにすむように、キャッスルドラマンドの小さなプロテスタント教会の墓地に葬られた。「母さんもわたしも、自分のやりたいようにやるためには骨惜しみしないたちだった」と父はこの店で語った。「だから、そういう手配も楽しんでやった」イザベラはふたつの葬式のいずれにも来なかった。来てくれると、フロリアンは思っていたのだが。

ふたりのうちでは自分のほうが絵の才能が劣っていたと、父はよく言ったものだった。だが、今になってみると、フロリアンは残っている一群の水彩画のどれがどちらの手になるものか、区別することができない。ときには、人間としての父と母を区別できないこともある。年月とともに、ふたりはお互いに似てきたからだ。もっとも彼ら自身は、自分たちはお互いにはっきりと異なる人間で、意見が食い違うことが多かったと言っていた。

「やつは自分の犬に四百近い高値をつけているんだ」飲み客の片方の声がカウンターから流れてきたが、そのひと言きりで、話はまた聞こえなくなった。新たにひとりの男が店に入ってきて、電話を貸してくれ、と頼んだ。牛が谷に落ちたのだという。

フロリアンはワインを飲み干し、煙草を吸い終えると、また自転車に乗った。出発までに墓参りに行かないといけない。だが、自分がいなくなったら、誰が墓に行ってくれるだろうか。

空腹だったので、グレナンの四辻にある食料品店とパブを兼ねた兼業店舗《ハーフ・アンド・ハーフ》に寄って、パンとポークステーキを食べ、店主のミセス・カーリーと、家を引き払う日に玄関の鍵を預かってもらう取り決めをした。そのあと、自転車でシェルハナへの家路をたどるうちに、道路沿いのパブで懐旧の思いにふけったのは、厄介な一日を忘れ去るための努力だったのだと気づいた。有り体にいえば、自分は夏のせいで牧歌的な色彩さえ帯びて見えたエリーとの友情を終わらせたくなくて、引き延ばそうとしてきた。だが、避けられない終わりが来たときの落胆の深さは予想していなかった。自分は単純なことが複雑化するのを放置した。愛されることを愛した。優しさを返すだけでは不十分だということに気づいたときにはもう遅かった。「フロルったら。あんたの頭ってどんだけこんがらかっているの！」イザベラが彼を評するのに好んで用いたせりふだ。イザベラはいとこらしい親しみをこめて、しばしばイタリア語と英語の両方でそう言った。当時、フロリアンはその言葉が好きだった。だが、今は違う。

＊

その晩、眠りながら、エリーは泣いた。聞かれてはいけないと思って、目覚めようと努めた。啜り泣きが自分の耳にも聞こえたが、何とかはっきりと目を覚ますと、夫はすやすや眠っていた。エリーは枕が濡れているのに気づいて裏返した。朝になって見ると、涙のあとは消えていた。想像上の涙だったかのように。だが、エリーにはわかっていた。あの涙はほんとうに流れたのだ。

20

アイルランドを去るつもりだと打ち明けた数日後、フロリアンはかつて食品庫のひとつだった部屋で、麦藁で編んだ魚籠《びく》の下に革表紙のノートがあるのを見つけた。彼自身が何年も前にそこに隠したのだ。彼は白カビの生えた魚籠を集めて、庭の焚き火場所にもっていったあと、革表紙に見事に打ち出された文字に目を落とした。〈狩猟家手帳〉。それはかつて、どこかに隠したあと、その場所を忘れてしまい、家じゅうを何度も捜したあげくに諦めたものだった。

なじみ深いページをめくった。各ページの下のほうに囲み記事が印刷されている。それらの記事は、ときには挿絵も交えて、さまざまな野生生物の生態や生息環境、保護や駆除の方法を解説している。ノート欄の灰色の細い罫線の上に書かれた手書き文字は、すべてフロリアンの手によるものだ。

魚籠を焚き火の中に投げ入れ、燃え上がるのを見守るうちに思い出した。〈手帳〉をなくした翌年の夏、イザベラがシェルハナに戻ってきたとき、〈手帳〉をどこに隠したかわからなくなったとは恥ずかしくて言えず、捨てたと嘘をついたのだった。イザベラ自身もこのことにまったく責任がないわけではなかった。毎年七月のイザベラの滞在の最後は、決まってばたばたした。そのときも、荷物を玄関に出したあとで、〈手帳〉をベッドの上に置きっ放しにしたことに気づいた彼女が血相を変え、あれを隠して、とフロリアンに命じたのだった。それは重大なことだった。いや、そのときは重大なことだと思われた。というのは、秘密を守るということが、当時のふたりにとって極めて重要だったからだ。

フロリアンはキッチンに戻ると、〈手帳〉を振ってページから埃を落とし、革表紙を濡れ布巾で拭いた。長い時間が経っているが、自分の筆跡の特徴は今と同じだ。角ばった力強い文字が黒いインクでくっきりと書かれている。七年前だな。日付を見てフロリアンは計算した。そして、鯉に餌をやるやり方についての記事があるページに自分が書きこんだ文章を読みかけた。ちょうどそのとき、呼び鈴が鳴り、勢いよくドアをノックする音がした。

「やあ、こんにちは。来ましたよ」フロリアンがドアをあけると、背の高い男がにこやかに会釈した。派手な色の服を着た女もいた。

「着いたわね！」女が嬉しげに叫んだ。「でも、お気の毒に、ミスター・キルデリーはわたしたちが誰か全然わかっていないみたい」

そのふたりは名乗らなかったが、フロリアンは彼らの黒いステーションワゴンを二、三週間前に見たことを思い出した。

「家を見に来られた方たちですね」とフロリアンは言った。

「いや、見に来ただけじゃなくて」男がフロリアンの言葉を訂正した。「買ったんです」

男は手を差し出した。女が——男の妻だとフロリアンは思った——召し上がってくださいな、元気が出ますよ、とワイン店の紙袋を押しつけた。

「ちょっと、おうちの中を嗅ぎ回らせていただけないかなあ、と思って」女が鈴をふるような声で言った。

「もちろん、かまいませんとも。とっさにどなたかわからなくて失礼しました。大勢来られたものですから」贈り物はシャンペンだろうと、フロリアンは推測した。シャンペンは好きではないが、礼を言った。

「ああ、なんて嬉しい日かしら！」女がはしゃいだ声をあげ、フロリアンにいたずらっぽく微笑みかけた。「舞い上がっちゃって、ごめんなさいね」

「すばらしい情景だ！」男が会話に加わった。応接間の壁に並んだ、額に入れていない水彩画を見て、そう言いながら、タイプ打ちした紙を広げた。「一度見たら忘れられない」

「ほんとに、なんて嬉しい日かしら！」女は感激しつづけている。酔っているんじゃないかとフロリアンは思った。

フロリアンは彼らに好きなだけ見て回らせ、寸法を測らせることにして、そこを離れた。読みかけていた〈手帳〉には戻らず、手当たり次第、燃えるものを焚き火に、燃えないものを蓋なしコンテナに投げこむ作業を続けた。長らく行方不明になっていた父の双眼鏡を見つけた。誰かが置き忘れて、取りに来なかった傘もあった。玄関ホールの時計のネジを巻くための鍵も見つけた。もう何年もネジをまいていない。ばらばらになった首飾りのビーズを入れたマッチ箱もあった。

魚籠の下に〈手帳〉を隠した午後、彼はイザベラのベッドからもってきたそれを手に、裏階段を降りてきたのだった。全員がさっさと動かないとイザベラが列車に乗り遅れそうで、自分の部屋にもっていく時間がなかったためだ。当時食料品庫に使っていた狭苦しい部屋のドアが開いていた。一度も忘れたことがなかったかのように、すべての記憶がありありとよみがえった。

そもそも〈手帳〉を自分のものにしたのは、〈ナショナル・ジオグラフィック〉誌を積んだガレージの棚から落ちてきたのがきっかけだった。野生の生物についての細かい話に興味があったわけではないが、革表紙や薄い色で罫線を引いたノート欄に心を惹かれた。やがて、その使い途を見つけた。いつもフロリアンの持ち物を見たがるイザベラが、あるとき、そこに書かれている文章を読んで驚いた顔をした。「変なの！《ヴィザーロ》」というのがイザベラの感想だった。

そのふたりの女はキッチンに行く途中で、ミス・ダンロップの脇を通り過ぎた。ふたりとも薄笑いを浮かべていた。空軍大佐はミス・ダンロップのそばに寄り、耳元に愛の言葉をささやいた。ミス・ダンロップは顔を赤らめた。というのは、空軍大佐が言葉にしたのは、田舎女のミセス・

ミードへのみだらな欲望だったからだ。彼はミセス・ミードの耳にささやいているつもりで、彼女の耳たぶを噛むと、彼女の強《こわ》い髪が自分の頬に触れるという妄想を語った。「勝手に言ってればいいわ」ようやく何かがおかしいことに気づいて、ミス・ダンロップは抗議した。彼女はスーツのポケットから紙巻き煙草を取り出し、火をつけた。「わたしにとって、あなたがどんなに大きな存在であることか!」空軍中佐はささやいて、再び彼女のほうに手を伸ばした。

イザベラ以外には誰も〈手帳〉に書かれた文章のことを知らなかった。そもそも〈手帳〉がまだあって使われていることすら知らなかった。そしてフロリアン自身、自分が書いた文章の断片は単なる暇つぶしの結果に過ぎないと思っていた。完成しているものはひとつもなく、どれも、人々や出来事の断片的なスケッチでしかない。しかも、今読むと、文章がところどころ曖昧な上に、思春期の創作物らしく、しばしば空虚な借り物に近いものになっているのがわかる。老教師マダム・ロシャスは「夜じゅう、やむことのない足音につきまとわれて」いる。ユー・ジャンは『殺人鬼登場』が大いに気に入り、上映している映画館のそばを通ると観ずにはいられない。アンナ・アンドレーエフを日曜日に訪れる客たちは、サンクトペテルスブルクの街やレールモントフの噂をする。エマニュエル・クィンという人物は名前しか出てこない。ジョニー・アデレードもヴィドラーもそうだ。アンマック師は自分が何をやっているかもわからないまま、レジから金を盗む。

「ミスター・キルデリー！」

フロリアンは二階に上がった。

「乾燥室がちょっと」背の高い男が言った。

「乾燥室？」

「なんか湿ってるようなんだけど」

「ええ。そうですね」

「タンクのお湯が漏れてるのかな、もしかして」

「そうみたいです。すみませんね」

「おいおい」

フロリアンは笑みを浮かべてうなずき、立ち去った。「あの人、どう言い繕った？」階段を降りるフロリアンの耳に、女が尋ねているのが聞こえた。「てんで、気にしてないね」男が報告した。

夫婦は午後いっぱいいた。だが、見つけた欠陥について問い質すことは二度となかった。やがて夫婦は、見終わりました、と声をかけ、大げさに礼を述べて辞去した。彼らの黒いステーションワゴンが出ていくと、フロリアンは〈手帳〉のページに戻った。そこに書いてあることのほとんどは、書いた記憶がなかった。

マドールの空き地にいたジョンとネイスンは、初めのうち、その男の子に気づかなかった。やがてウィリー・ジョンが気づいた。

「あの子は何が目当てなんだろう」と彼は言った。

「見ていたいんだろ」とネイスンが答えた。

〈スカイワスプ〉号はかたかたと音をたてて滑空し、彼らのところに戻ってきた。ライター用燃料を使い切り、エンジンがとまっている。

「見物料を取ろうか」ウィリー・ジョンが笑った。大きな顎が割れ、顔にしわが寄って目の周りのそばかすが集まった。彼は赤毛で、無骨な感じがした。ネイスンは小柄で痩せていて、髪は黒く、額に少しばかり前髪が垂れていた。服装はいつもきちんとしている。彼はウィリー・ジョンよりも数か月遅く生まれた。

「教えてやるよ」とネイスンが言った。「その子はあっちの砂利採り場にいるんだ。トラベラーたちから逃げ出したのさ。砂利取り場の地下には洞穴がある。そこでその子はアナウサギと一緒に食べ物を探しているんだ」

フロリアンはイザベラに自分の走り書きを読まれたくなかった。だが、イザベラは読み、登場人物が誰なのか、どういう経緯で生まれたのか、ときにはページの半分も使って書きこんでいるのに、文や単語が尻切れトンボになっていることが多いのはなぜなのか知りたがった。


ユーストン駅で、マイケルはこれが一番だと結論を出した。単刀直入に尋ね、答えてもらうこと。必要もないのに行くばかばかしさと比べれば、どんなことでも望ましい。

「クリオナかい？」呼び出し音が途絶え、妹の声が聞こえると、彼は言った。

「来てくれるんでしょ、兄さん？　兄さんに会いたがっているのよ、ずっと」

だが、行って、どんないいことがあるだろう。行っても行かなくても、どっちにしてもどんないいことがあるだろう。一晩じゅう列車に乗り、スーツケースはもっていないから、パジャマと剃刀を入れた紙袋をもって、早朝、わびしい駅に降り立つことに。そして、あの私道に入っていくことに。彼はとりわけ、私道に入っていくことがいやでたまらなかった。

「死にかけているのよ」と妹が言った。

だが、ユーストン駅には電話をかけようと並んでいる人がたくさんいた。マイケルは受話器を置いた。


フロリアンは簡単に諦めすぎる、もっと本腰を入れて取り組めばいいのに、とイザベラはよく言った。このことについて議論するとき、イザベラが冷静で動じないのに対して、フロリアンは分が悪く苛立ちやすかった。そんなに気にかけてもらえるのが嬉しくもあったので、フロリアンは分が悪かった。イザベラはフロリアンに向かって、彼自身が書いた文章を引用して褒め称えた。それは訪れたことのない都市や経験したことのない不運について、拒絶と失望について、そして、オリヴィアのことを書いた文章だった。オリヴィアは愛する男を探してロンドンの町をさまよう。その男はオリヴィアに対して盗みを働き、姿をくらましたのだ。

彼はスペインに行ったのかもしれない。以前、ひと言も言わずにスペインに行ったことがあった。たしか彼の知人がスペインに家をもっているか、借りているかするのだ。どっちだか、わからないけれど。一方、彼はときどき国内のさまざまな場所で人と過ごすために、ロンドンを離れることもある。「このところ来ていないよ」と〈ザ・ジョージ〉のバーマンが言った。オリヴィアは居合わせたほかの客にも訊いたが、誰もが見かけていないと答えた。心配しないでね、とオリヴィアはみんなに言った。もちろん大丈夫に決まっているから。きっとスペインよ。もうじき戻ってくるわ。彼は〈四頭立て馬車《コーチ・アンド・フォー》〉にも〈クイーンとジャック〉にもいなかった。

ある女が〈ジンザラクラブ〉に行ってみたら、と言いだし、その女とその女の知り合いの痩せこけた女と、蝶ネクタイの男と四人でそこへ行った。入り口にデレクがいた。いつもと違う髪型だった。オリヴィアがカウンターの内側の女に彼のことを訊くと、女は首をふった。そしてオリヴィアは〈グレープ〉へ行った。彼はそこにいた。オリヴィアが初めて彼を見た夜、立っていた場所に立っていた。彼はオリヴィアの知らない人たちと一緒にいた。初めて見た夜と同じように。

オリヴィアには彼が自分を見ているのがわかった。だが、彼は動かなかった。彼と一緒にいる人たちがオリヴィアを見つめた。誰も何も言わなかった。

もちろん、イザベラは励ましてくれていたのだ。あなたはそれを糸口にしてすばらしいものを生み出すことができる。だって、すでに少しやれているじゃないの。「ねえ、やりなさいよ。ちゃんと仕上げるのよ」イザベラは揺るぎない確信とともにくり返し求めた。「やりなさいってば」

できっこない、とフロリアンにはわかっていた。

＊

ジェシーが葦の間を駆け回っている間、フロリアンは煙草を吸いながら、夕闇がだんだん濃くなっていくのを眺めていた。〈狩猟家手帳〉が捨てられてはおらず、再発見されたことをイザベラが知ることができればいいのに、そしてかつてこの湖畔で、闇が忍び寄る頃、必要以上に秘めかして会っていたのと同じくらい頻繁に、イザベラがここに来られたらいいのにと思った。イザベラはシニョール・カネパチと結婚したのだろうか。それとも、ほかの誰かと結婚したのだろうか。幸せだろうか。フロリアンはかつてオリヴィアが誰なのか、ミス・ダンロップが誰なのか、ほかの登場人物のどれにせよ、それが誰なのか教えてやることができなくて、イザベラを怒らせた。「パーティーに来た人たちなの？」とイザベラは訊いた。ネイスンとウィリー・ジョンは学校の同級生？　マドールの空き地って、実際にある場所なの？

その夜、フロリアンは眠る努力をしなかった。ベッドに入らず、静まり返った家の中にいると、長い間自分から切り離されていたものが、かつて書きとめたもののほかにもたくさんあるように思われた。ミス・ダンロップのブラウスはピンクだ。少量のヘナ染料が彼女の髪を変えた。ユー・ジャンの目と目の離れた平べったく青白い顔は、微笑むと、しかつめらしさが消える。空軍中佐は監獄に入ったことがある。砂利採掘場の少年の額の傷は、まだ癒えておらず、じとじとしていた。老いた女教師に夜ごとつきまとう足音は、ある子どものもので、彼女はその子の運命について考える勇気がもてない。人生は生きるに値しない、とオリヴィアはささやくように言った。

フロリアンはかつて放棄した断片を何度も読み返した。歳月を経たおかげでものを見る目ができたとは言えそうにない。ただ、かつて想像力が自分に与えた幻影や、幻影にすらなりえなかった半幻影に好奇心をかきたてられた。そして語られていないことや今も知らないことにも。フロリアンは何も書き加えなかった。ただ、ときおり、書かれている文章の一節に強さや明晰さを加える語句を思いついて、つぶやいた。

だが、早朝の水際に立ち、空を見上げて、もはや来なくなった鳥の姿を空しく探していたとき、フロリアンは元気が湧き起こるのを感じた。完璧にわかっているとは言えない何か、あるいは、まったく未知の何かが起こったかのようだった。家に戻って、コーヒーをいれたり、トーストを焼いたり、犬に食べ物を与えたりしている間もこの感じは続いた。昼前に、眠ろうとして横たわったときもそれはあった。一日じゅう眠って目覚めたときにも、それはそこにあった。

21

　エリーは門番の家を訪れた。ふたりでゴータラッサの氷河湖まで登った日の前の逢瀬以来のことだった。一年でもっとも忙しい時期な上に、コリガン家の収穫を手伝っているので、なおのこと忙しく、こっそり出かけるのが以前のように容易ではなかった。

　ゴータラッサでの落胆から回復してはいなかったが、門番の家の崩れかけた壁の石の後ろに、シェルハナ屋敷への行き方を教えるメモを見つけて、エリーは少し気力を取り戻した。〈都合のつくときに来てくれ。いつでもいい〉。初めて目にする筆跡で、地図の裏側にそう書いてあった。置手紙が書かれ、行き方を教えられ、地図が描かれ、彼があれほど熱心に言葉で描き出した館に招かれている――ことの運びの順調さに、エリーは単なる希望よりも確かなものを感じた。少なくとも、ゴータラッサの斜面で奪われた何かが戻ってきた気がした。シェルハナに誘ったことのなかった彼が、今この申し出をしているのは、何かわけがあって状況ががらっと変わったせいではないか。買い手が何か間違いをしていて――計算をしてみたらお金が足りなかったとかで、家が売る話が中止になったのではないだろうか。家が売れなければ、彼がアイルランドに留まったままで、数か月、もしかしたら一年過ぎるかもしれない。もう二度と連絡をくれないかもしれないと思っていたのに、こうして手紙を書いて自分の家に招いてくれたのは、きっとそういうことだ。

〈木曜日にうかがいます。午後のほうが都合がいいです〉。

彼の置手紙のあったところに、エリーは自分の手紙を残した。

*

ギャハガンの土地を買うための融資を銀行に頼もうと考えて、ディラハンは珍しく平日にラスモイに行った。ミスター・ハセットの小さな執務室でディラハンが状況を説明すると、ミスター・ハセットは、二千ポンドお貸ししても、そのせいで銀行が倒産するとは思いません、と言った。小ぶりな口髭の下に、融資を承諾してもらった人ならだれでもよく知っている笑みがふっと浮かんで消えた。ディラハンは感謝の思いをこめてうなずいた。

「あの土地を買わなければ、悔やむことになるだろうと思います」ディラハンは言った。

「よい土地が目の前にあるのに手に入れられないのは、無念なものです、ミスター・ディラハン」

「ただ、問題は先方が売却に乗り気でいるかと思うと、次の日には伐採だの排水だのという類の話をするということです」

「ずっとほったらかしにしてきたくせに、ね」

「ええ、そうなんです」

「年を取れば取るほど、持ち物を手放すのが難しくなります。手放したほうがよい理由は増えるんですがね。持ち物を手放すのは、誰にとっても容易ではないが、彼の年だと、なおのこと手放しがたいんでしょう」

「あそこを手放しても、ギャハガンにはまだかなりの土地が残りますけれどね」

ディラハンは立ち上がった。机の上にはゴルフのトロフィーが載っていた。ディラハンがそれに目を注いでいるに気づいたミスター・ハセットは、いや、ちょっと運が良かったんです、と言った。同業者の大会で、とつけ加えて、彼は自分の小さな執務室のドアを開いた。ディラハンは彼と握手を交わしたあと、銀行の店内を通り抜け、日のあたる広場に出た。エリーが買い物から戻ってきているだろうかと車に目をやった。ボクスホール車の後ろのドアの片方が開いていて、買い物籠とふたつの袋がエリーの足元の地面に置かれたままになっていた。エリーはあの正気を失ったプロテスタントの老人にしきりに話しかけられているところだった。

＊

「ご一族が立ち去ったのはそのせいです」とオープン・レンが言う。「セントジョンご夫妻は息子たちを抑えることができなかったんです」

エリーはうなずいた。買い物リストをもう一度読み、買い忘れがないか確認した。

「ご一族にとってリスクィンでの最後の執事はミスター・ボイルでした。奥様が彼とわたしをご自分の小さな部屋に呼びました。『ドアを閉めて』とおっしゃったので、わたしが閉めました。ミスター・ボイルは押し黙っていました。近隣の男たちが自分の妻だか、娘だかを探しにこの館にやってくるなんて、と奥様は嘆かれ、『〈マローの道楽者〉に歌われているような乱痴気騒ぎならまだいいの。はるかにひどいことが起こっているのです』とつけ加えられました。

旦那様は恥辱に耐えかねて寝こんでしまわれました。それで奥様がその内情をわたしたちに告げることになったのです。それは、エラドー様が女を連れて逃げたということでした。『わたしには、この館を切り回すことしかできません』と奥様は言われました。『策略を練るなんて到底無理です』ふたりのお嬢様方はまだ幼く、ジャック様は十四歳ぐらいだったでしょう。館の切り回しと子どもたちの世話以外に何がわたしにできるでしょう、と奥様はわたしどもに言われました。では、自分がアイルランドじゅうを探しますとミスター・ボイルが申しました。馬丁をひとり連れて、宿屋やホテルを一軒一軒調べます。半年かかっても、そのふたりを探し出します。エラドー様を見逃すことは決してしません、とミスター・ボイルは奥様に約束しました。その女を本来いるべきところに返さなくてはならないときっぱりと申します、と。『奥様、エラドー様にいうことをきかせるために、手荒いことをしなくてはならないかもしれません』ミスター・ボイルは、息子に力を行使してもよいという奥様の許可、そして旦那様の許可を求めました。法律上の罪に問われることを恐れていたからです。奥様は夫は寝こんでいるとくり返しました。取り乱していて、ついさっき言ったことも覚えていないのです。『ミスター・レンが記録してくれます』とミスター・ボイルは言いました。『エラドー様が懲らしめを受け、自分のしたことの愚かさを悟ってリスクィンに戻られたら、ミスター・レンが年月日入りで記録してくれます。エラドー様を懲らしめる許可がわたくしに与えられたことも記録するでしょう』」

エリーは夫の足取りから、融資が受けられたのかどうか知ろうとした。だが、わからなかった。ショールをはおった女が手を差し出し、夫はポケットから小銭を出してその掌に落とした。

「奥様はリスクィンを思って悲しみにくれていらっしゃる、とミスター・ボイルが申しました。息子のひとりがセントジョン家の名を貶めたことを嘆いていらっしゃる、と。『この一族には、こういう問題が前からありました』と涙で頬を濡らして、奥様はおっしゃいました。ずっと前から、代々あったのだ、と。『奥様、行かせてください』ミスター・ボイルが懇願しました。『わたくしが馬丁を伴い、この恥ずべき問題にけりをつけて参ります』。のちにこの一部始終が語られることになるでしょう、とミスター・ボイルは申しました。レターケニーで、あるいはアークローで、あるいはクレア県の路傍で、エラドー・セントジョンがしたたかに打ち据えられたこと、彼とその情婦が、犬に追われるキツネのように駆り出され、追い詰められたこと。のちの世のセントジョン家の子どもたちが、大人の男になる前にその物語を必ず聞くようにすることで、このような災いは永遠に封じられるでしょう、とミスター・ボイルは申しました。そして彼と馬丁は旅立ち、そのふたりを川沿いのポータナムの宿屋で見つけました。農場の臨時雇いや道路工事人の泊まるところでした。女は夫のもとに返されました。エラドー・セントジョンはアイルランド国外に追いやられました。ところが何年も経ったある夜、ひとりの農夫が銃をもってリスクィンにやってきました。銃は取り上げられましたが、そうでなかったら、その男はジャック様を撃ち殺していたところでした。翌日には、セントジョン一族の人々の姿はなく、どこに行ったか、屋敷の者にもわかりませんでした」

オープン・レンの眼差しは厳しく激しいものに変わっていた。片手は開いた車のドアの上のへりをつかんでいた。彼が長い回想を述べている間じゅう、エリーは彼が何かほかのことを言おうとしているのに言葉が見つからなくて言えないでいるように感じていた。オープン・レンはエリーに訊いた。わかっていただけましたか、と。

「ミスター・レン、リスクィンの館はずいぶん前になくなってしまいました」とエリーは言った。

「セントジョン一族が姿を消すとともに」

「『わたしは昔の厄介ごとを承知しております。あなた様もお聞き及びでしょう』わたしはジョージ・アンソニー様にそう申し上げました。あの方が戻ってきてくださった最初の日に、ご一族の没落の理由になった厄介ごとについて。こんな話はリスクィンの館の外では語れませんでしたが、今だからお話しできるのです、奥さん」

「はあ」

「書類はあるべきところに戻りました。あの方が書類を受け取ってくださってありがたかったですよ。わたしが自分でもっていったら、幽霊だと思われかねませんから。あの方はわたしの立場をちゃんと考えてくださった」

「あなたが話しているその人は、セントジョン家の人ではありませんよ、ミスター・レン」

「ほら、ご主人がいらっしゃいましたよ。わたしはご主人をよく存じ上げているんですよ、奥さん」

＊

ディラハンは一台の車が行き過ぎるのを待って、広場前の通りを横切った。そこで、牛の競売人のフェナーティーに出会って足をとめた。フェナーティーはコン・ハニントンが死んだよ、とディラハンに言った。「昨夜のことだ」と彼はつけ加えた。

「聞いたよ」

ふたりの男は二、三分立ち話をした。かわいそうにコンはずいぶん長いこと具合が悪かった、とフェナーティーは言った。ディラハンは何度もうなずきながら、早く立ち去りたいとじりじりしていた。ラスモイに来るのは嫌いだった。いまだに人々の憐れみを感じるからだ。そして、彼自身が事故のことで自分を責めつづけているため、同情心は別として、他人も責めていると考えるのが、彼にとって自然なことだった。だから日曜の礼拝も、人の少ない早朝ミサに行くようにしていた。

ディラハンはフェナーティーとの話を切り上げた。自分の車のところに行くと、エリーはひとりになっていた。

「うまく行った」と彼は言った。「あんたのほうも済んだかい?」

「ええ」

「じゃあ、帰ろうか」

ディラハンは慎重に車を出して、広場前の車の間を抜け、マゲニス通りを横切ってキャッシェル通りに入った。

「あの年寄りはどういう用事だったんだい?」

「ただ長々とおしゃべりしていただけ。あの人の頭の中は誰にもわからないわ」

「大変だろうなあ、記憶がひっくり返ってしまうというのは」ディラハンは車をとめて、ベビーカーを押す母親が渡るのを待った。「気の毒にな」

「ええ」

ふたつの教会を通り過ぎたのち、町を離れた。道路工事のために設けられた臨時の信号で、何度も止まった。

「あれは誰かな」自転車とすれ違ったとき、ディラハンが尋ねた。

エリーは言いたかった。フロリアン・キルデリーよ。わたし、あの人を愛しているの。エリーはその名前を言いたかった。あの人が道路を走っているのは、リスクィンの門番の家に行くためよ。わたしたち、あそこでよく逢うの。エリーは言いたかった。あの人、わたしの置いた手紙を見つけるわ。だってそれが目当てで行くのだもの。

「どういう人か、知らないわ」エリーは自分の声がそう答えているのを聞いた。それでもまた、彼のことを話したい衝動にかられた。見かけたことがあるわ、とエリーは言った。フロリアン・キルデリーと人に呼ばれていたわ。キャッスルドラマンドの近くに住んでるみたい。

信号が変わった。ゆっくりとこちらに向かってくるトラックを待ちながら、昔、公共事業の建設工事を取り仕切っていた現場監督にキルデリーという人がいたな、と夫が言った。右手の指が二本欠けていたっけ。夫はさらに、キャッスルドラマンドで破産に伴う売り出しがあったとき、親父が土掻き機を買ってきたことがあった、と思い出話をした。

「学校から帰ってきたら中庭にそれがでんと収まっていたんだ。だが、おれ自身はキャッスルドラマンドに行ったことがない」

「あら、そうなの」

「きょうは町に人が多かったと思わないかい?」

「火曜日にしては多かったわね」

「ポスターが張られているのを見たよ。サーカス団が来るんだね、昔懐かしいのが」

「ええ、少し前から張ってあるわ」

「でも、〈ダフィーのサーカス〉ではないよな?」

「ええ、ダフィーではないわ」

「子どもの頃、何度か、〈ダフィーのサーカス〉に連れていってもらったもんだ」

農場に来たばかりの頃、エリーはその話を彼から聞いた。ゾウが出て来るのを待ちかねてじりじりしていたこと、ピエロが彼の姉のひとりにキスをねだったこと。〈パイパーの移動遊園地〉がラスモイに来たときのことも聞いた。メリーゴーランドにバンパー・カー。彼は輪投げで、陶器のウサギを獲得した。

「コン・ハニントンの葬式は金曜だ」と夫は言った。右に曲がるために車を脇に寄せ、トラクターが行き過ぎるのを待った。夫はトラクターの男に会釈した。

「コンが五十ポンド貸してくれたことがある」と夫は言った。「大麦が不作で、おれは参っていた」

夫はその金を一ペニー残らず、返すつもりだったに違いない。コン・ハニントンもそのことを確信していたはずだ。今回、融資してくれる銀行も危険を冒しているわけではない。銀行だって夫がどういう人間かわかっているのだ。

「おれ、葬式に行くよ」と夫は言った。

頻繁に置手紙をするわけではない。いつもなんとかして会いに行っている。いつだって、そうしたいから。あの人はもう、あそこに着いているだろう。しばらく待って、それから石を動かすだろう。さっきこの車と行き合ったとき、誰の車なのか、あの人にはわからなかった。あの人はこの車を知らない。

車はギャハガンの土地のゲートの前を通り過ぎた。ゲートのそばには、牛乳缶の出荷のための古い台があるが、朽ちてばらばらになりかかっている。それから、雑木林を通って丘に至る脇道の始まるところも過ぎた。冬にはこの脇道から大量の水が落ちてくるので厄介なことになる。

向こうから郵便配達のバンが来たので後退しなくてはならなかった。新顔の若い郵便配達人が窓ガラスを下げて、二、三週間前に配達された肥料の請求書を手渡した。

「なかなか感じのよさそうな若者じゃないか」と夫が言った。

まだかなりの距離があるうちから、車の近づく音を聞きつけて、犬たちが吠えはじめた。この前、わたしが石の後ろを見たように、きょうはあの人がそこを見るだろう。あの人の自転車はゴールデン・イーグルという名前だ。ハンドルバーのつけ根に岩の上にとまっている鷲の飾りがついている。そういう名前で呼ばれる自転車があるなんて知らなかった。

「ジャガイモの残りを掘り出さないといけないな」と夫が言った。「雨が降らないうちに。なに、ほんの十畝かそこらだ」

「手伝うわ」

「えっ、いいよ。あんたにはやることがいっぱいあるし」

「全然大丈夫よ」

「いや、いいよ」夫は穏やかに反論し、妻になった女にさせるべきではないと彼が考えていることに、エリーが手伝いを申し出るとき、よくするように首をふった。

夫は車を中庭に入れた。犬たちが駆け寄ってきて迎えた。

22

シェルハナ屋敷はエリーが想像していたのと違っていた。もとは白かった玄関ドアに薄緑のペンキが塗られ、それがところどころ剝げていた。砂利敷きの上に鉄のコンテナが置いてあり、その中にはネズミに齧られたおんぼろスーツケースや錆びたペンキの缶、アイロン台や体重計、タイプライター、電気ストーブ、炉格子、ズボンプレッサーなど雑多なものが積み上げられて、あふれかけている。玄関ホールの敷石はむきだしだったし、食堂には家具がなかった。応接間にはすわるところもなく、応接間の体をなしていなかった。

「前もって言っておくべきだったな」とフロリアンが言った。

フロリアンはエリーを二階に導き、いくつもの空っぽの部屋を過ぎて、「高屋根裏」と呼んでいるところに連れていった。そこまでの細い階段は梯子段に変わり、それを昇るとロフトに至る。ふたりはそこから屋根の上に出て、粘板岩で葺いた屋根の斜面が谷をつくっているところの温まった鉛板の上に立った。見下ろすと庭園の向こうに、エリーが話に聞いていた湖があり、農地の果てに山並みが見えた。牧草地を一台のトラクターが行ったり来たりしている。ふたりのいるところにはその音は届かない。

「昔から屋根にあがるのが好きだった」フロリアンはいろいろな場所を指して、ひとつひとつ説明した。グレナンの四辻、その少し先の橋、その向こうにあるキャッスルドラマンド、間に点在する農場と家々。「ここでよく本を読んでいた。何時間もね。もちろん、夏のことだけど」

「すてきね。どこを見ても」

階下に戻ると、犬が寄ってきた。「ジェシーというんだ」とフロリアンは教えた。キッチンにはいると、彼はテーブルから革表紙のノートをとりあげた。これ、ずっと前になくして、つい最近見つかったばかりなんだ。ものをなくすのはほんとうにいやなものだ、と彼は言った。

「このおうちは、今も売りに出ているの？」玉石を敷いた中庭で、犬の頭をなでながら、エリーは尋ねた。

「ジェシーはもうかなりの年だ」とフロリアンは言った。「うん、シェルハナは売れたよ」

もし売却の話が流れたら、司祭に罪の告白をしようと、エリーは心に誓っていた。償いをし、従順であろうと決めていた。死ぬまでずっと、毎日二十四時間、従順の掟を守ろう、と。

「来月の十七日になった」と彼は言った。

いろいろ手続きがあるから、ずっと先のはずだと以前、彼は言っていた。十月ぐらいかな、と。

だから、エリーは秋になって葉を落とした木や十一月の霧を、彼の姿とともに思い浮かべていた。九月十七日なら、あと三週間もない。

「ぼくがあのノートを見つけた日に、シェルハナを買った夫婦がやってきた。張り切っているみたいだった」

「すんなり話が進まないかもしれないと思っていたんだけど」

「いや別に問題は生じなかった」

中庭の車庫の戸はたてつけが悪くなっていて、もちあげながら引っ張らないと開かなかった。この車が道路に出なくなってからずいぶん経つ、とフロリアンは言った。モーリス・カウリーという車種だと教えてくれ、後部を開いてそこにある座席を見せて、それをディッキー・シートと呼んだ。

庭園にはいると、彼は丈の高い草が日の光を浴びて輝き、吹きはじめたそよ風になびいているあたりを指さした。

「あそこにテニスコートがあったんだ」

しばらく家庭教師をつけられたことがあって、とフロリアンは話しだした。その男は普通の靴のままテニスをした。父はそれを、まったくもってけしからんと考えていた。父は足が不自由だったが、テニスをすると必ず勝った。

かつてウサギを撃つ男がいて、夏になるとウサギを殺してもち帰ったが、ウサギはいくらでも現れた。シャクナゲの茂みに秘密の場所があって、ウサギたちにとっても、そこが秘密の場所であるかのように、ときどきウサギがそこから飛び出した。

「そこには、ぼくの空想上の友だちが何人もいた。あるとき、ウサギ撃ちの男が、そのうちのひとりを誤って撃ち殺してしまったということにして、葬式ごっこをした。シャクナゲの花輪やなんかをつくってね」

立ち昇った煙が風で吹き飛ばされた。くすぶっている灰の山の横に置かれた厚紙の箱がいくつかあり、その中にゴムバンドでまとめられた紙束や、控えだけが残った小切手帳、封筒に入った手紙、伝票刺しに刺さったままの領収書が入っていた。エリーは焔が燃え上がるのを見て、シスター・アンブローズに書いた手紙のことを思い出した。レイバーンレンジで燃やしたあの手紙だ。あれは三週間よりももっと前のことだった。もう月で数えたほうがいいぐらい日が経っている。三週間なんてあっと言う間に過ぎるだろう。

フロリアンは火に紙をどんどんくべた。それから、箱そのものも火に放りこんだ。彼は屋根を指さした。さっきふたりが立っていたのとは違う場所だ。パーティーに来たお客たちがあそこに登ったことがあり、ひとりは歌を歌った。その男はオペラ歌手だった。

「その日取りはずらせないの？」エリーは尋ねた。「九月十七日というのは」

「ああ、確定している」

野生のマメの花が咲いていた。白い花もあるし、淡い藤色やピンクの花もある。湖に行く途中に通ったリンゴの木立の枝には実ができはじめていた。水際の葦の間に犬が鼻先を突っこんでくんくん嗅ぐと、ミズハタネズミが急いで水中に逃げこんだ。

「木曜日ね」とエリーが言った。「九月十七日の」

＊

エリーの声は沈んでいた。フロリアンはそれに気づき、一緒にいたい気持ちとは裏腹に、エリーはここに来ないほうがよかったのだと思った。ここにいると、いかなる意味でも、彼女の立場は悪くなるばかりだ。フロリアンにはそれがわかった。エリーがわかっていないのは明らかだが、わからないのは、本人がわかりたくないからだ。フロリアン自身も、誘ったときには、わかっていなかった。

「ほかに方法がないんだ」とフロリアンは言った。「家は売らなきゃ仕方がない。ぼくもこう順調に事が運ぶとは思っていなかった」

ほとんど何を言っても、口にするはしから、自分の声が言うべきでないことを言っているように聞こえた。そして、自分は自らが創造した肉食獣たちの世界に属していて、肉食獣の残虐さを体現している、とふと思った。またしても、手の届くところにあるものを取ることによって、自分につきまとう亡霊を追い払ったのだ。そして、そうする過程で、ろくに知らない若い女に優しさと好意を注ぎ、かえって彼女にとっての地獄を作り出した。

＊

フロリアンが紙巻煙草を求めてポケットの中に手をつっこみ、むきだしで入っていた一本を探りあてたのをエリーは見ていた。そして、彼がそれをまっすぐにし、はみだした煙草の葉のかけらを押しこむのを見守った。それからふたりはリンゴの木立の中を通って、来た道を戻った。庭園で、彼は犬にボールを投げてやった。キッチンでは、窓台の上に飾ってあったセピア色の絵葉書を手にとってエリーに見せた。古風な衣服をつけた女が片手に鵞ペンをもち、もう一方の手にカップの受け皿のようなものをもっている。そして、ひとりの修道士が祈っている。

「聖ルチアだ」とフロリアンは言った。

短剣の柄と刃先が聖女の首から突き出ている、血は出ていない。頭の周りに円光が描かれている。

「きみはこの絵の聖ルチアに似ている」

エリーは首をふった。聖ルチアという聖女がいるのは知らなかったが、いたとしても、今はそれどころではなかった。「一緒に来てくれ」現実になるはずがないと知りながら、エリーはフロリアンに言わせたのだった。「一緒に来てくれ」そう言ってから、彼はスカンジナビアについて話した。そして今、彼の話は子ども時代の思い出に移っている。一方、エリーは心の中で農場の母屋からこっそり抜け出し、ドアを閉めた。見納めのキッチンは静まり返っていた。テーブルには何も出ていない。いつもソース鍋がぐつぐつ煮えているレンジの上にも何もない。エリーが姿を消したという噂を人々は聞くだろう。コリガン家の人たちとギャハガン、ラスモイの商店の人たち。ミセス・ハドン、ミス・コナルティー、司祭たち、クルーンヒルの修道女たち。自分のことが悪しざまに言われるのが聞こえてきて怖い。でも慣れれば、怖くなくなるだろう。

フロリアンが絵葉書を彼女の手から取り上げ、窓台に戻した。

「残念ながらケーキはない」フロリアンが紅茶をいれ、カップに注いだ。彼はジャムがあるのを思い出した。ハーフ・アンド・ハーフで買ったラズベリージャムだと説明し、パンは新しいよ、とつけ加えた。

「何もいらないわ」と言いながらも、エリーは彼がパンを切るとそれを食べた。彼が切ってくれたパンだからだ。そして、彼が注いでくれた紅茶を飲んだ。そのあと、応接間で、その部屋が元はどんな風だったか彼から聞いた。彼は今はもうない家具をひとつひとつ描写した。そして壁に一列に並んだ絵の画鋲を外し、しわを伸ばしながら一枚ずつ手渡した。

「この水彩画はみんな、母と父の遺したものだ」

人々がピクニックをしている水辺がどこなのか、前は覚えていたが忘れてしまった、と彼は言った。がらんとした劇場で言葉を交わしている男女は当時有名な役者だった。パラソルの下でカードを三枚伏せてクイーンを当てさせる賭博をやっているのは、ダブリンの街角の情景で、そのユリノキがあったのもダブリンの庭園だ。「昔よく来ていた人なんだ」と彼が言う少女は、象牙色のドレスを着て、裏返したボートによりかかって四肢を広げている。長い脚を無防備に開き、喉元に赤いスカーフを結んでいる。

「これ、みんなあげるよ」とフロリアンが言った。「もっていてくれ」

エリーは首をふった。差し出されたものを受け取るのは、わたしは残る、あなたは発つ、と言うのと同じで、与えることと受け取ることは別れの意思表示とその承認だ。以前ならきっと「いや」とは言えなかっただろうけれど、今は言えた。

エリーは時間に追われてはいなかった。そのあとほどなく、自転車でラスモイに戻った。そしてホーガンの店でスカンジナビアのことを調べた。この店では前に一度、帳簿をつけるためのノートを買ったことがある。ここでは学校の教科書も扱っている。地図帳をめくっていくと、スカンジナビアが見つかった。片側がぎざぎざしている半島の形を見て、光沢のある紙の地図が黒板を覆っていたのを思い出した。エリーが棚から取った本を開くと、ノルウェーのフィヨルドは深く内陸にくいこんでおり、スウェーデンの風景は森と水と海岸線近くの群島によって神秘的なものになっている、と書かれていた。「この小さなのがデンマークよ」エリーは地理担当のシスターがよく言ったのを思い出した。そして、岩にすわる人魚の像のことも思い出した。

さまざまな言語が話され、都市はあまり多くない、とその本には書いてあった。穀物が栽培され、キルナ鉱山では鉄鉱石が採掘される。地名の綴りは発音できそうにない。ぐどぶらんすだれん、とエリーは声に出して読んでみた。へな海岸、さんずふぃよーど、きとるふぃよーる。でも、もっと言いやすいのもある。ごーせんばーぐ、まるも、れくさんど、ふぃんす。

〈バイキングはスカンジナビアの人々でした〉。黒板に書かれた几帳面な文字がエリーの脳裏によみがえった。そうだった、地理の先生はシスター・アグネスだった。

23

オープン・レンは商店街を歩き回った。鉄道の駅で待った。広場に腰を下ろし、会わなくてはならないのは誰なのか、託された言葉を伝えねばならないのは誰なのか、思い出そうと努めた。マローの道楽者という言葉が心に浮かんだ。図書室で言われた言葉だ。だが、なぜ今、思い出したのかわからない。「〈マローの道楽者〉に歌われているような乱痴気騒ぎならまだいいのです」そう言った声は震えていた。あんな場合、母親なら誰しも声が震えるだろう。息子はポタムナで死んだのか、とその人はミスター・ボイルに訊いた。そして、脚が不自由になっただけです、という答えに安堵の声をもらした。馬丁は終始黙っていた。

オープン・レンの想起した情景に薄闇がさし、その闇は濃くなりながら広がった。霧が立ちこめて、声も顔も歪められ、ぼやけて消えた。いつか霧が晴れるだろう、きょうのうちに。きょうでなければ、明日に。あるいはもう二度と晴れないかもしれないが。

書類はあるべきところに戻った。石炭の配達はあの女が手配してくれたはずだ。暖炉に火がともり、ピアノの音が聞こえているだろう。裏庭では馬がいななき、犬の吠える声や人の声もしているだろう。「ここを立ち去ろう」旦那様が寝床から言う。

トーマス・ジョン・キンセラ、と記念像の台座に文字が刻まれている。**アイルランドのために死す。一七七六〜一七九八**。そのほかにも、小さな文字で刻まれた文章があるが、名前と年代だけで十分だ。オープン・レンは顔を上げて、肉の薄い若々しい顔と胸元の大きく開いたシャツ、むきだしの前腕を見た。そしてこんなに年若くして死んだ英雄をいたわしく思った。この広場のこの場所にすわっているとき、オープン・レンは「かわいそうに」とつぶやくことが多い。だがキンセラがこうして一緒にいてくれるのはありがたい。オープン・レンはトーマス・キンセラが好きなのだ。

もう一度、鉄道の駅に行った。ハーリー横丁の角のよろず屋で、缶詰スープをひとつ買い、石蹴りしている子どもたちを眺めた。

トーマス・ジョン・キンセラ。広場に戻ってきたオープン・レンは再びその名を読んだ。しばらくまどろみ、ふとあることを思い出して目を覚まし、首を大きく上下にふって、それを忘れていた自分を咎《とが》めた。会わなくてはならないのは誰なのか、託された言葉を伝えねばならないのは誰なのか、今ははっきりわかっている。

オープン・レンはすぐに出発した。だが、ほどなく行くべき道のりが遠すぎる気がしてきた。

もっとよい機会が巡ってくるのを待たねばならないとわかった。

24

ディラハンは柵を撤去した。毎年、羊の毛の刈りこみのために柵をつくる。だが、忙しい時期のことなので、ついずるずると柵の撤去を先延ばししてしまうのが常だ。古い門扉や波型鉄板がいつまでもほったらかしになっていて、派手な赤い色の紐が絡みつき、羊毛の塊が散らばっているのは見苦しいと毎日思いながら、何週間も過ぎてしまう。

エリーは柵から外された紐を拾い、互いに結びつけられているものは結び目をほどいた。草を掻いて羊毛を集めた。それを入れて運ぶために、去年の肥料の空き袋をもってきていた。

「この次はもっと早く片づけるようにしよう」さびついた門扉をトレーラーに積みながら、夫が言った。

周囲の何もかもが萎れていた。少し前まで生垣に青々と繁っていたイラクサも、ジギタリスやヤマニンジンも。羊たちが集まっていた場所は草が黄色く枯れ、乾いた堅い土がむきだしになっている。それでも九月の空気は冷たく爽やかで、八月の押しつけがましさよりは快い。

エリーはそういった変化をほとんど感じとれなくなっていたが、これまでの年の経験から、季節が移り変わっていくことを学んで知っていた。エリーはそのことに思いを向けようとした。初めて羊毛を掻き集めたときのこと、この土地に少しずつなじんでいったこと、姫リンゴ園で初めて卵を集めたときのこと、夜に野ウサギを見たこと。けれど、考えようとしていることの中に、シェルハナ屋敷がしょっちゅう割りこんできた。がらんとして殺風景な部屋部屋、テニスコート、芝生の上で休んでいる温和な老犬、聖ルチアの絵葉書。スカンジナビアまでもが割りこんできた。そして、エリーはそこにいた。なじみのない、その風景の中に。

「それでもまあ、それほどひどくなっていなくてよかった」と夫は言った。「こんなに長いこと雨が降らなかったのは珍しい。ご苦労さん」最後のひと言はエリーをねぎらって言ったのだ。夫の口調には、退屈な仕事だったろうという同情がこもっていた。

夫はトラクターを始動させた。トレーラーの積荷ががたがたする音がしたが、その音は微かになり、やがて消えた。エリーは柵を結わえていた紐を束にしてまとめ、脇に置いた。肥料袋に羊毛を詰めこんだ。きょうは午前中ずっと野良に出ていた。

＊

小さな墓地はそこだけ薄暗かった。カエデやオークがその上に枝を広げ、それらの間にイチイの黒い影が歩哨のように立っている。古い墓石がずれたり、倒れたりしている。巡り合わせというのは何と行き当たりばったりなものだろう。両親の墓である塚の上にこんもりと生えている芝生を見ながら、フロリアンはそう考えた。ジェノバに生まれ育ったナタリア・ヴェルデキアがソルダート・ディ・ヴェンチュラを愛したがゆえに今ここに眠っているのは、どのくらいの確率で起こりえたのだろうか。ふたつの名は磨かれていない石灰岩に鋭く彫りこまれている。彫り手は刃の入れ方の繊細さを買われてこの仕事を頼まれた。重要だったのは、ふたりが一緒にいること、そして、互いへの献身と共にもっていた才能によって、ふたりの人生が際立たせられたように、彫り手の腕と作品の出来栄えによってこの墓地の中のふたりの居場所が際立たせられることだけだった。仲の良いふたりが一緒にいるのに、おしゃべりもせず、おとなしく横たわっているとは考えにくかった。

ひとりの男が砂利敷きの小道に立ち、鍬を使って作業していた。フロリアンはその人から剪定ばさみを借りて、墓の上の芝を刈り、まだはびこるには至っていないクロイチゴを抜きとった。父は死ぬ前に、母と共有していたと思われるもうひとつのこと――ひとりしか子どもに恵まれなかったことを残念に思う気持ち――について弁解した。父はそのような思いはまったくなかったと言い張り、フロリアンは納得したふりをした。

はさみを返し、ほかの墓の間を歩き回ってから、自分がきれいにした墓に戻ってきた。墓石に刻まれたふたつの名を指でたどりながら、物思いに沈んだ。このふたりは愛することに、どれほど長《た》けていたことか。生きることを知りつくし、ほかの人たちの人生を邪魔することはほぼなかった。フロリアンは、エリー・ディラハンを忘れることが難しいといいと思った。せめて、その程度の自分でありたかった。

墓地の入り口の駐棺門のところに自転車をとめていた。チェーンがずれはじめていたので、外して締め直した。出発のときはダブリンまで自転車で行く心積もりでいる。夕方に出たら、ひと晩かかるだろう。「ダブリンでは、道端に自転車を置きっ放しにはできない」と父はよく言っていた。だが、あえてそうするつもりだ。誰でももっていくがいい。

シェルハナ屋敷の売却にあたって譲渡証書を作成してくれた事務弁護士のオフィスに立ち寄り、さまざまな経費を差し引いたあとに残った金をアイルランド銀行のキャッスルドラマンド支店に預けるよう頼んだ。そして銀行では、国外からも支障なく預金が引き出せるよう手配を済ませた。自転車のライトを買った。今までつけていなかったのだ。

＊

エリーは衣類を選び出し、すぐ着られるように、畳んで引き出しの片側にまとめた。食料を買いこんだ。簡単に食べられるものが、家の中に何かなくてはならないから、まずは缶詰類、そしてスリー・カウンティーズのチーズに、貯蔵のきくベーコンの塊。しばらくの間、不自由しないだけのものを用意しなくては。缶詰はいつでも食べられるから、買い置きしても無駄にならない。

何年も前にラヒンチへもっていった赤い旅行バッグはジッパーがかんでいて、びくともしなかった。これは中古品を売る店で買ったもので、最初からジッパーの調子が悪かった。そのときは気にせず使ったが、もう無理だ。何かないかとコーバリーの店を覗いてみた。何も買わなかったが、見せてもらったかばんのひとつをあとでまた買いに来ればいいと思っていた。いよいよその時が来たら、缶詰を少し買い足し、しばらくもちそうな野菜も用意しよう。最初だけでも夫が楽をできるように、ベーコンの薄切りと卵を目に見えるところに出しておこう。このように準備をしている間も、エリーは自分の期待が大きすぎることを意識していないわけではなかった。空想として始まったものが、毎日少しずつ現実みを帯びていく。それを許容してはいけないとどこかで思いながらも、止めることができなかった。

25

オルリーのウェイトレスはよくしゃべった。彼女はいつも持ち歩いているチェックの台布巾《だいふきん》を手にして立っていた。時が経つのは早いですねえ、と彼女は言う。イースターからずっとここで働いているけれど、もう何か月も過ぎたなんて信じられないわ。あと二、三週間したら、ダブリンに戻って冬の仕事を始めます。もともとダブリンの出身なの。新しい職場はフィブスバラのログキャビンという店。リートラム通りよ。前にもひと冬働いたことがあるんです。

「お近くにいらしたら、ぜひ」と彼女は誘った。

フロリアンはうなずいた。おしゃべりを聞かされている間、彼はときおり微笑みを浮かべていた。エリーは押し黙っている。エリーの着ているアノラックはフロリアンが初めて見るものだった。

「紅茶をおもちします」とウェイトレスは言い、実は自分はフィブスバラで生まれ育ったのだとつけ加えた。「この二、三か月で、おふたりとはすっかりなじみになりましたね」そう言って、彼女は立ち去った。

ほかのテーブルはみな空いていた。窓の外では男がひとり、電気刈りこみ機で迷路の生垣を整えていた。男の背後にコードが続いている。そういえばさっき通ったときに、「迷路は本日休業です」という掲示が出ていた。ふたりのすわっているところにも、刈りこみ機の音が聞こえてくる。

年配の女がふたり、しゃべりながら店に入ってきた。フロリアンが見ていると、彼女たちはいったん腰を下ろしたあとで気を変えて、くすくす笑いながら、ほかのテーブルに移った。

「だけどね、エリー」フロリアンはウェイトレスのおしゃべりで中断された話題に戻って、口を開いた。「エリー、きみは――」

「あなたについていきたい。どこにでも」

さっきのふたり連れのテーブルから、好ましい感じを与える控えめな笑い声が流れてきた。おしゃべりを再開して、冗談を言い合っている。彼女たちのテーブルには、午後のお茶のために注文したたくさんの食べ物が紙のテーブルクロスの上に並び、ウェイトレスがトレイを脇にはさんで、スコーンや砂糖衣をかけたケーキの材料についての質問に答えている。健康のために食べる物に配慮する必要があるらしい。

フロリアンはそのやりとりを聞いていた。今、自分に押しつけられようとしていることに関わりたくなかった。自分ひとりでどこか遠くの新しい環境の中に入り、想像力の切れ端を掻き集め、形のない、何もないところから、なんとかして秩序をつくりだす。そういう試みを何度でもやってみたい。自分がそう望んでいることは、今ではわかっていたが、それをどう言えばいいのか。イザベラから遠く離れたどこかのひっそりとした小さな町に部屋を借りて働き、会うこともない安全なところで、彼女を一生愛さないですむように努力したい。非情で冷厳な真実を隠して耳に快い嘘をつくほうがずっと楽なのに、そのような告白をひと言でも口に出せるだろうか。もっとも「愛している」と言っていたら、一度でも言っていたら、こんな悩みではすまなかっただろう。

ウェイトレスが戻ってきたが、テーブルに近づいたときにふたりの沈黙から何かを察したらしく、黙って請求書を書き、卓上に置いた。

「いっしょに夏を過ごしたじゃないか、エリー」

フロリアンはできるだけ優しく言った。だが、嘘はつかなかった。嘘をつけば、時が必ずその嘘をあばいて、傷を深くし、痛みを強め、恥辱を増すからだ。時は鋭い眼差しを浴びせて、ふたりの両方を罰するだろう。容赦なく罰するだろう。

ふたりは店を出ようとした。ドアのところに新しい客が来ていたが、退いて通してくれた。

「あなたがいなかったら、わたしには何もない」とエリーが言った。

生垣を刈っていた男が長い電気コードを巻き上げ、迷路の「休業」の札を外そうとしていた。男は軽く会釈した。ウェイトレスと同様、ふたりを見知っているのだった。

＊

イグサの茂みができはじめていた。この隅っこの土地の水はけが悪くなっているのだとディラハンにはピンと来た。暗渠排水管が壊れたか、詰まったかしたのだ。たぶん壊れたのだろう。さらに一メートルばかり進むと、ぬかるみに入っていた。だが、ギャハガンの土地の難点は、囲いの補修の不十分なことと全般的な放置を除けば、このことしかない。もともと、この一角には問題がありそうだと思っていたのだ。暗渠排水管がどこを走っているかは見当がつくし、おそらく管は一本だから、自分で掘り出せるだろう。今回の買い物は値段以上の価値が十分にあるものだった。ディラハンにはそれがわかっている。

ディラハンは境界線に沿って歩いた。ウサギの巣穴がいたるところに掘られている。ウサギについては記憶にある限り最悪の年だ、と彼は思った。古い木のゲートは鉄のゲートに取り替え、ついでに水入れも新しくしよう。道沿いの生垣に枯れたニレの木があった。彼は大きさを目測して、自力で切り倒せるかどうか考えた。そのとき、道路のカーブの向こうから、自転車の来る気配がし、次いでエリーが通った。そこから自分の姿が見えるのではないかとディラハンは思ったが、エリーは気づかなかった。彼はぬかるんでいる隅の土地を見せたいと思って、背後から呼びかけた。だが、エリーはそのまま自転車で走り去った。声が耳に入らなかったのだろう。

26

シェルハナ屋敷に再び誘ってくれる置手紙はなかった。門番の家の跡で待っていたけれど、彼は来なかった。最初の頃には彼のほうが待っていてくれたことが何度もあった。彼が蔦を根こそぎにしたときに使った鉄片が、そのとき彼が置いたまま、草の上に残っている。

エリーはいったん立ち去り、その日のうちにもう一度来た。手続きが予定より早く済んだか何かで、もう行ってしまったのだろうか。今はもうスカンジナビアにいるのかしら。へな海岸か、ふぃんすか、まるもに。彼のうちにはもうほかの人たちの家具が入って、すっかり様子が変わってしまっているのかしら。

エリーは再び、門番の家の跡を去り、そしてまた戻ってきた。

＊

フロリアンは目を覚ました。いつもなら、開け放した部屋の入り口でジェシーが体を起こすのが見えるのに、きょうはその姿がなかった。キッチンにもいなかったので、フロリアンは庭園の中を探し、それからジェシーの名を呼びながら湖に歩いていった。彼はまだパジャマ姿だった。丈の高い草の間を歩くうちにパジャマのズボンが水を含んで重くなった。もう一度庭園に目を走らせ、家に戻って、洗い場《スカラリー》や使われていない食堂、応接間、そして暗室に使っていた部屋を見て回った。空っぽの屋根裏部屋のひとつに、隅っこにうずくまっているジェシーがいて、フロリアンを見ると尾をふろうとした。

「ジェシー。いい子だ」フロリアンはつぶやくように言った。

キッチンでミルクを温め、もっていった。しかし、ジェシーは飲もうとしなかった。フロリアンはジェシーを両腕に抱きかかえたが、ジェシーは少し身もだえして、ずるずると腕からずり落ちていった。フロリアンはジェシーをもといたところに戻し、かたわらにしゃがみこんだ。

「ジェシー。いい子だ」フロリアンはもう一度言った。するとジェシーは今一度、尾を動かそうとした。自分が知っている正しいやり方で床に打ちつけようとした。片方の目がフロリアンに向けられた。何も求めることなく、ただ信頼をこめて、いつも信頼してきたフロリアンの顔を見つめた。舌をだらりと垂らして、ジェシーは喘いだ。二、三分後、息が絶えた。

ジェシーがよく暑い日射しを避けて横たわったり、春にウサギが出てこないかと見張っていたりした場所に、フロリアンは墓穴を掘った。ジェシーは三、四キロ離れたどこかから貰われてきた。一緒に生まれたきょうだいの中で最後に残った一匹だったそうだ。父がそこまで徒歩で行き、小さな包みを両腕に抱えて帰ってきたのだ。「ペコと呼ぼう」と父が提案した。「ジェシーがいいわ」と母が言った。

フロリアンはジェシーを抱えて階下におり、キッチンを通って庭園に出た。抱きかかえたまま、芝の上にすわった。ジェシーの体がこわばりはじめてはいるが、まだ温かなのを感じた。そして、フロリアンはジェシーを葬った。

そのあと、家の中に戻ると、何か不気味なものの気配を感じた。そいつはこの旅立ちをずっと待っていたかのようだった。先のふたつの旅立ちに続くこの旅立ちによって、集団退去《エクソダス》は完遂に近いところまで来た。じっとしているのが苦痛だったので、フロリアンはグレナンの四辻に歩いていき、玄関ドアの鍵を一日早くミセス・カーリーに委ねた。

「ほかの鍵は磨き粉の空き缶に入れてキッチンの吊り戸棚に置いておきます」と彼は言った。「そう伝えてもらえませんか」

「お安いご用よ」

「けさ、ジェシーが死にました」

「まあ。神様がジェシーの魂をお救いくださいますように」

「実は、ジェシーの世話をお願いするつもりだったんです。もういくらも生きないと思ったから」

「もちろん、喜んで引き受けたわ」

「でも、もう――」

「そうね。つらいわね」

ふたりは店の敷地のうちの、酒類販売許可を受けているほうの半分にいた。そしてミセス・カーリーはジェシーのことを聞くとすぐに、フロリアンのためにグラスにウィスキーを注いでいた。

「誰だってジェシーを好きにならずにはいられなかった」瓶を棚に戻しながら、ミセス・カーリーは言った。「それを言うなら、キルデリーご夫妻も同じね。このへんの人たちはみんな、おふたりの人となりを懐かしんでいるわ」

ミセス・カーリーの、善意と人類愛ではち切れそうなふっくらした容姿は、フロリアンの覚えている限りの昔から少しも変わっていない。この店の持ち主と結婚する前の話だが、彼女はシェルハナの最後の女中だった。その頃、絵が売れるまで賃金をもらうのを待たされることがしばしばあっても、彼女が憤慨することはなかった。フロリアンの両親が死んだときには二回ともシェルハナに戻ってきて、葬儀のあとのお茶会を主催した。どちらのときも、数少ない参列者には食べきれないほどの食べ物を並べてくれた。

フロリアンはしばらく留まって雑談した。一九四六年の冬、思いがけず大雪が降って積もり、長く解けなかったことや、アイルランドが第二次世界大戦を免れたことなど、ろくに覚えていない時代について話した。

「あなた、大丈夫なの?」ミセス・カーリーののどかな話しぶりがふいに変わって、鋭く感じられるほど心配そうな声音になった。

「もちろん。ご心配には及びません」

「その若さで放浪の旅に出るなんて」

話題はまた変わり、いつしか昔の話に戻った。ミス・カーリーが好んで話題にする時代の話だ。彼女はシェルハナではネリーという名で記憶されていた。だが、彼女がシェルハナで働いていた時期のほとんどは、自分が生まれる前のことだから、フロリアンは結婚後の名前で呼ぶのが礼儀にかなったことだと思っている。物心ついたときからずっと、ミセス・カーリーと呼んできた。

「あの人たちが屋敷を盛り返してくれますよ」とフロリアンは言った。あの人たちというのは、シェルハナを買った夫婦のことだ。

フロリアンがしゃべっているときに、誰かが食料品店のほうに入ってきた。ミセス・カーリーはカウンター越しに手を差し出した。

「神様が守ってくださいますように」と彼女は言った。

*

エリーは呼び鈴の鎖を二度引いて待ち、それから中に入った。前に来たときと同じく、玄関のドアは施錠されていなかった。

声をかけたが、彼がいる気配はなかった。エリーは自転車を裏庭に引いていった。裏口のドアも開けっ放しになっていた。

家の中を歩きまわった。二階で彼のベッドが乱れているのに気づいて、整えた。空っぽのスーツケースが、これから荷物を詰めこむべく、床の上に開かれていた。彼のパスポートはマントルピースの上にあった。

応接間にはいると、がたついていたテーブルがなくなっていた。彼がエリーにもっていてもらいたがった絵は、彼があのとき重ねたまま、今は床の上に置かれていた。彼が見つけたと話していた革表紙のノートがキッチンのテーブルの上にあった。だが、エリーはそのノートを開かなかった。

エリーはキッチンの流しにあった食器を洗い、椅子をもって裏庭に出た。あの人の犬も一緒に出かけたに違いないと思った。でも、どこに行ったのだろう。

*

グレナンから戻ってきたフロリアンは、残っていた二脚の椅子の片方がキッチンからなくなっているのに気づいた。どこかにもっていった覚えはない。そのとき、水切り台の上の洗った食器が目に入った。裏庭にいるエリーが窓から見えた。

「つらいわね」ジェシーが死んだと聞いて、エリーは言った。

墓を掘ったために芝生に散らばった粘土は、まだ乾いていなかった。ふたりがそちらのほうに歩いていくと、クロウタドリが一羽、飛び去った。

「近所の家の収穫の手伝いで忙しいんじゃ――」とフロリアンは言いかけた。

エリーは首をふった。それはもう終わった、と彼女は言った。

「来ずにはいられなかったの。がまんできなかった」

「泣いていたんだね、エリー」

「あなたがもう行ってしまったのかと思った。そんなはずないってわかっていたけど、それでもあんまり静かだから、もう行ってしまったのかと」

「行ってないよ。ぼくはここにいるじゃないか」

そしてまだ、きょう一日と明日まる一日がある、とフロリアンは言い、エリーを抱きしめた。明日のことなど考えられない、とエリーは言った。

「エリー……」

「何も言わないで」エリーはささやいた。「わたし、来ちゃったんだもの」

27

彼は疲れていた。長い間、歩き回ったが、誰にも会わず、道を訊けなかったし、通ったのはいずれも大きな道路ではないので案内標識がなかった。今いるところは正しくない。そう感じていた。それで、目に入った家の戸口で尋ねた。林の中にある黒っぽいコンクリートの家だ。

「おじいさんのこと知ってるよ」ドアをあけた子どもが彼に挨拶して言った。彼は自分はラスモイから歩いてきた、名前はオープン・レンだ、と告げた。

「ときどき自分の名前がわからなくなる。年を取るというのは困ったもんだ」

「二、三回、見かけたことがある」と子どもが言った。「ラスモイに行ったときに」

オープンは道を尋ねた。もうこれ以上先に行こうとは思わない、と彼は言った。帰り道がわかったら、ラスモイに戻るつもりだ、と。どうしても見つけられない、その目的地を目ざして出てきたのはこれで三度目だったが、それは黙っていた。

「今、ほかには誰もいないの」と子どもが言った。「みんな仕事に出てる」

オープンは最初、その子を男の子だと思ったが、今ではズボンをはいた女の子だと気づいていた。髪を短く切っているが、男の子ならもっと短い子が多いだろう。その子の目は淡い青だった。

「車じゃないの？」女の子が尋ねた。

「車をもっていたことがない」

「ラスモイまで結構あるよ」

「昔はアイルランドじゅうを歩き回ったもんだ。ここはリスクィンの近くかい？」

「ううん、違うよ」

「リスクィンに行きたいわけじゃないんだ。ただ、リスクィンからなら方角がよくわかるんでな。きょうは、ある男を探しに来たんだ」

「その道をまっすぐ行ったら、タールを塗った黒い木戸があるの。その前を通り過ぎてどんどん行くと、今度は四辻に出る。まず左に折れて、それからまた、とんがった角を右に曲がる道があるから、そっちに曲がってね。そのうち大きな道にぶつかる。そこの標識にラスモイはこっちって書いてあるよ。もういっぺん言おうか？」

オープンは頼んでもう一度言ってもらい、子どもに礼を言った。黒い木戸は見つかったが、その先を歩いているうちに、残りの道順を思い出せなくなった。自転車に乗った女が通りかかって、四辻まで一緒に歩いてくれなかったら、また迷子になっていたことだろう。

「こんなところまで、誰に会いに来たんです?」と女は尋ねた。オープンがその男の名を告げると、それはまた大外れな迷い方ですね、と相手は言った。

女はもっていた包みから破りとった茶色い紙切れに地図を書いてくれた。「ラスモイからなら、この行き方が一番です」と彼女は言った。「とっておいてくださいね。またの機会に使えるように」

女と別れたあと、彼は道路のふちの草の上にすわりこんで休憩し、しばらくして歩き出した。途中でまたわからなくなり、道路脇のトラベラーに正しい帰り道を教えてもらった。

28

目覚めたとき、エリーは自分がどこにいるのかわからなかった。それから思い出した。車の音が聞こえた。部屋に入ってきたフロリアンが言った。

「モーリス・カウリーを引っぱっていくために人が来たんだ」

エリーは今何時なのと訊いた。まだ十二時半かその少し前だと彼は答えた。

「その人たち、帰ったの」

「今、出ていくところだ」

エリーは目を閉じた。目覚めているのがいやだった。フロリアンはワイシャツの上にツイードのチョッキを着ていて、チョッキのボタンはかけていなかった。彼はエリーを見下ろして言った。

「大丈夫だから、落ち着いて」

日射しが床の上に影の模様をつくっていた。その影の模様は、エリーが脱ぎ捨てたままの服にも、腕輪にも、自ら外した指輪にも落ちていた。青いワンピースはくしゃくしゃになっていて、靴の片方は横向きに転がっている。

「お茶をいれるよ」と彼が言った。

彼が下におりていったあと、エリーはそれまで入ったことのない一角にバスルームがあるのを見つけた。使われていない小さなバスルームで、小さな浴槽はところどころホーローが剝げ、天井から落ちたごみがたまっている。だが、洗面台にひとつだけついている蛇口をひねると水が出たので顔を洗った。

水は冷たかった。タオルも石鹸もなかった。窓台に棒状に固まっている布きれがあった。エリーはそれをゆすいで、体を清めた。

急ぎはしなかった。紅茶はほしくなかったし、ひとりでいたかった。体をぬぐっているうちに、床に水たまりができた。エリーはその布きれで吸い取ろうとした。

かつてある修道女がテンプルロスの製材所の男のもとに走った。彼女は福者ローズリーヌにちなんでローズリンと呼ばれることもあるが、それが虚構だということは誰もが知っている。というのは、クルーンヒルにおいてその修道女は名前のない存在であり、長い年月語り継がれてきた物語の中のもやのようなものに過ぎなかったからだ。その男は冬の間、薪を届けていたのだろう。そして、彼女は修道服を畳んでベッドの上に置き、彼のもとに去った。彼女の十字架、ロザリオ、祈禱書、そして靴も残されていた。この出来事について話すのが一切禁じられていた中で、それだけが伝えられていることだった。

濡れた体を何で拭こうかとエリーは浴槽のふちにすわって思案した。動きだしたときに、洗面台の変色した丸い鏡の中に、自分の裸がちらりと見えた。服を着ないでいるのが好きではないので、目をそらした。寒かった。

修道女が男のもとに行ったとき、男はそこにおらず、いくつもの都市の街路をさまよって彼を探したが二度と会えなかった、という人もいる。街頭で物乞いをするようになり、修道女であったことが人に知られていたともいう。年老いてから、リムリック川で発見された、という話もある。

バスルームのドアの閂《かんぬき》が動かなかったが、もう一度試すと動いた。耳を澄ましたが、何も――足音も声も――聞こえなかった。やがて、自動車を牽引していく音が聞こえた。

寝室に戻り、ベッドから剝がしたシーツで体を拭いた。エール、アイルランド、イルランドと三通りに国名が記されたパスポートが、キッチンの聖女の絵葉書と同じように、これみよがしに飾られている。緑色の表紙に輝いている金箔文字はほかにもある。パス、パスポート、パスポール。

エリーは服を着て、腕輪の留め金をはめた。櫛は玄関ホールに置いてきたハンドバッグの中にあるので、髪を手櫛でできるだけ整えて、最後に指輪をはめた。あいている窓の外で鳩が鳴いていた。そして、ガレージの戸をがらがらと閉める音がした。エリーはシーツを乾かそうと、カーテンレール用の鉤にひっかけた。マットレスに風を当てるために寝具を取り去った。下におりていきたくなかった。彼に呼ばれてもおりていかなかった。だが、もう一度呼ばれたのでおりていった。

＊

「もう少しだけいてほしい」とフロリアンが言った。その声が終わらないうちに、玄関ドアのベルが鳴った。

フロリアンはそれに応える前に、ふたつのカップに紅茶を注いだ。「忘れ物だろう」と彼は言った。

忘れ物はスパナだった。モーリス・カウリーのボルトを締める必要があって、そのあとどこかに置き忘れたのだ。フロリアンはその二人の男がスパナを探すのを手伝い、裏庭のガレージの戸のそばにそれを見つけた。

「やれやれ」フロリアンがスパナを渡すと相手は言った。「こういうものはいつのまにか勝手に隠れちまって、思いもよらないところで見つかるもんだな」

＊

裏庭から戻ってきたフロリアンは、エリーが外に出した椅子を手にもっていた。道具を置き忘れたんだ、と彼は言った。

もう立ち去ったほうがいい、とエリーは思った。だが、立ち上がらなかった。「物事には終わりがある」あの日、何もかも打ち明けたあとで、彼はそう言った。エリーはそのことを理解した。そしてしばらくの間は納得していた。

フロリアンはネクタイを締め、ジャケットを着ていた。彼はエリーの紅茶が少し受け皿にこぼれているのを見て、布巾で吸い取った。

「ごめんなさい」とエリーはささやいた。自分のささやき声も耳にはいらず、何について謝っているのかもわからなかった。それから、すべてについて謝っているのだと気づいた。心から後悔しているわけではないのに後悔しているふりをして煩わせたこと、すがりついて泣いたこと、勇気がないこと、きょうここに来て、よけいにややこしくしてしまったこと。

「こちらこそ、ごめん」と彼は言った。「成り行きに任せてしまって。まずいと気づいたときには、もう遅すぎた」

エリーは首をふった。彼がいれた紅茶をすすった。味がなかった。

「ぼくの悪い癖だ。ちゃんと言わなきゃいけないときに黙ってしまう」

壁と同じ黄緑に塗られた吊戸棚の扉が開けっ放しになっている。中の棚には何も載っていないし、奥に並んでいるフックにも、何も掛かっていない。床に積まれた片手鍋や陶磁器、そして二脚の椅子とテーブルだけがキッチンに残されているものだった。

立ち去ったほうがいい。エリーはもう一度思った。だが、やはり立ち上がらなかった。

「昔、あるシスターがいて、その人の話が語り継がれているの」とエリーは言った。

＊

その修道女に起こった出来事が淡々と語られるのを聞くうちに、フロリアンは気持をかき乱された。心が凍えるのを感じた。けれども、熱情にさいなまれて、自分がたてた誓いを破らざるを得なくなり、悲惨な年月の末に水死体となって発見された修道女の物語は、ひと夏の友情が終わろうとしている場面にはどうもふさわしくない、場違いな気がした。どちらも同じように、愛が絡んでいるとはいえ。

「その人のことをちょっと思い出したの」とエリーは言った。「それだけ」

「エリー、きみはシスターじゃない。その話はきみとは関係ない。まるっきり違う」

「身から出た錆だという子もいたし、泣いちゃう子もいた。薪が燃えるのを見るときは、そのシスターの苦しみを思い出そうと言った子もいたわ。わたしたち、その男のことを薪男と呼んでいたの」

「エリー――」

「どう違うの？　ねえ？」

答えようとして、フロリアンはためらい、結局何も言わなかった。自分がエリーのようにその修道女に共感できないのは、結局、心が痛いのはエリーで、自分ではないからだろうか、とフロリアンはいぶかった。その修道女はまだ見習いのときに、完全な信仰をもつという重荷を引き受けた。自分には守りきれない約束をしてしまったのだ。薪を配達する男が、ひざまずいて祈る生活から彼女を誘い出した。彼女の見た目が気に入ったからだ。この夏ごく平凡に始まって、いま、避けられない終焉を迎えていることの中に、昔、その修道女がたどった悲惨な運命と共通するものが、もしかしてほんとうにあるのだろうか？　絶望とそれが伴う苦しさは、不運の中身によって左右されるものではなく、絶望そのものの掟に支配されるものなのだろうか？

「明日はいつ発つの？」

ふいに尋ねられたこと、空気ががらっと変わったことにフロリアンは驚き、何を訊かれているのか、とっさにはわからなかった。質問をくり返されて、彼は答えた。夜じゅう、自転車を走らせて、ダブリンまで行くつもりだ。一度やってみたいと前々から思っていたのだ。

「あしたおいでよ、エリー。せめてさよならを言いに来てくれ」

彼女もまた、すぐには答えなかった。ようやく口を開いて言ったのは、彼が立ち去る日に顔を合わせるなんて無理だ、ということだった。

「来られないわ」

フロリアンはその言葉が真実であるのを感じた。彼女の態度から見てとれたし、その言葉の抑制された語調からも聞き取れた。彼女が話しているときの表情の歪みからも、目をそらしたときの首の動かし方からもわかった。
「来られないわ」くり返して言う声が沈黙の中から聞こえた。

＊

ふたりはなおも、テーブルをはさんですわっていた。フロリアンが吸おうと思って出した煙草は火をつけないままだったし、彼がいれた紅茶は冷めきっていた。フロリアンは考えた。このひとときをぼくは携えていき、同じひとときがエリーとともに残る。最後のこの時間のひとこま、ひとこまがきちんと並べられ、ぼくらの両方の心の中で、昼も夜も際限なくくりひろげられるだろう。

エリーの身の上話を聞いたとき、フロリアンはどこかの中庭の片隅か、修道院の石段かに置かれていた赤子をかわいそうに思った。望まれなかった子どもたちの間に居場所を得た子どもを、農場の使用人になった少女をかわいそうに思った。彼はエリーと友だちになり、エリーの淋しさを自分のものとして感じた。それで、貪欲に友情を求め過ぎて、軽率にも邪《よこしま》な愛をはびこらせてしまったのだ。エリーが彼のもとに来て、彼のうしろめたさが増すと、かわいそうに思う気持が一層大きくなった。その一方で、同情という大義名分のおかげでうしろめたさは幾分和らいだ。とんでもない妄想も——きょう起こったことのせいで——それほどとんでもないことではないように思われた。先の望みのない思慕が、理性とまったく相入れないものではないように思われた。

ふたりは言葉を交わさず、すわっていた。時間が止まったかのようだった。

＊

沈黙が続いた。だが、庭園を歩いているうちに、押し殺されていた会話がよみがえった。ロベリア、ブッドレア。夏のもやのような花がわずかに残るスモークツリー。メギ、ガリア、モホニア。エリーはこれまで知らなかったそれらの花の名を覚えた。それから、ふたりは湖に行った。あの夏鳥が戻ってきていないかと思ったのだが、やはりいなかった。そして、スモモの木立の向こうの、以前ラズベリーが実っていたところで、ふたりはスカンジナビアの話をした。

29

ディラハンはトラクターのエンジンを切った。その男の言うことが聞き取れなかったからだ。

「どういうご用ですか」もう一度訊いた。

その男はどこからともなく現れた。その存在に気づいた一瞬前には、そこにいなかったように思われた。男は訊かれたことに答えなかった。そこでディラハンはまじまじとその顔を見た。ギャハガンのものだった土地から出てきたに違いないが……。ディラハンははっとした。その男はオープン・レンだった。

「ミスター・ディラハンですね？」

「ええ、ディラハンです」

「あなたのことを存じ上げていますよ。よく存じ上げています」

「はあ」

「こんなところまで出張ってくることは多くありません。町からさまよい出ることは多くありません。ひとつの町の中にいれば、自分がどこにいるかわかりますからね」

「ご用は何でしょうか？」

「ひと言だけ申し上げたいのです」オープン・レンは言った。「それだけです」

30

「ええ、ありますとも」と店員は言った。「いくつかお見せしましょう」

年配の男の店員だった。少し背中が丸くなっていて、糊のきいた白いカラーとカフスをつけ、店員らしい黒っぽいスーツを着ている。エリーがこれまでコーバリーの店で見かけたことがない人だ。一週間ほど前に旅行バッグを見に来たときは、かばん売り場には誰もいなかった。

「少々お待ちください」と店員が言った。

フロリアンとシェルハナの庭園を歩いていたとき、エリーは夢を見ているような気がしていた。ハンドバッグをとりに館に戻ったときも夢は続いていた。フロリアンが裏庭からエリーの自転車を引いてきて、館の正面の砂利を越えて道路に出してくれた。そして、そこで立ち止まって待っていてくれた。旅行バッグのジッパーがこわれている話をすると、新しいのを買えば、と言った。自転車に乗って去るときに、ふり返ったかどうかは覚えていない。ふり返ったとしても、ひとりで立っている彼の姿は記憶にない。通りすがりに〈ダノ・マーニー〉に気づいたことは覚えている。ラスモイの名が英語とアイルランド語で書かれた標識があったのも覚えている。それから、フォード車とラリー自転車の広告看板、そして徐行標識があった。「エリー、約束だよ」というのが、道路にふたりで立っていたときの彼の言葉だった。旅行バッグを買えと言うのを別にすれば、それ以外には何も言わなかった。

「これはどうでしょう」店員が、もってきたスーツケースのひとつを開いてみせた。「ツートンカラーのとブルーのがあります」

旅行バッグを探していることはすでに伝えていたが、もう一度、どういうものがほしいのか説明した。使わないときには折りたためるもの、自転車の荷台に結わえつけられるものがいいのだ、と。説明はそれだけにして、細かい注文はつけなかった。

「ええ、そういうのもございますよ」店員はまた探しに行き、ふたつの旅行バッグをもって戻ってきた。彼はカウンターの上でジッパーを開き、内側のポケットを見せた。「緑色のと、レザークロスの縁取りのある薄茶色のがあります」

この店員はわたしの身元を知っているだろうかと、とエリーは考えた。それとも、彼はわたしがいなくなったあとでみんなに訊いて回って、ミス・バークや、わたしにワンピースの材料を売った店員から、わたしの名前を教えてもらうことになるのだろうか。わたしが旅行バッグを買ったことや、わたしの行く先が、この店で噂にのぼるのだろうか。

「緑のほうがいいです」とエリーは言った。

「緑のほうがレザークロスのよりよいお品です」と店員は言った。「レザークロスの縁取りはひと頃より人気が落ちています」

「包んでもらえますか？」

「もちろんです。包む前に値札を取りましょうか？」

「それはどちらでも」

「最新のお品にはもともと大型のスーツケースで、さらに容量をふやせるよう工夫したものがあります。そのバッグでは容量が不十分だとお思いでしたら、そういう種類のお品も当店にいくらかございますので」

エリーはこれで十分だと思うと答え、自転車の荷台に包みをくくりつけたいので、紐を余分にもらえないかと頼んだ。

「承知いたしました」

店員は必要以上の長さの紐をくれて、何かのお役に立つでしょうからと言った。そして、サーカスを観に行かれますか、と尋ねた。エリーがたぶん行かないと思うと答えると、わたしはサーカスが大好きで、と彼は言った。

「次にお買いものに来られるときは寄ってくださいね。ご満足いただけたかどうか知りたいですから」

シェルハナ屋敷を出て自転車に乗っている間じゅう、エリーはまだ夢を見ているようだった。今もそれは続いていた。初対面の店員がサーカスの話をし、バッグと言ったのにスーツケースをもってくる。紐を少し欲しいと頼んだら、ひと巻の半分もくれる。

広場に来ると、いつもとようすが違っていた。混んではいないが、一台のトラックがマゲニス通りで歩道の縁石のための資材を下ろしていて、すべての通行がストップしているのだった。エリーは自転車を引いて、歩行者とともにトラックの周りを回った。

ミス・コナルティーは自分に挨拶をしてくれたに違いないと、エリーは思った。何か言ったに違いなかった。というのは、何か言ったあとのようにうなずいていたからだ。そしてミス・コナルティーが次の瞬間、ささやいた言葉はあまりに唐突で、宙に浮いているような感じがした。愛は狂気よ。

制止する手が、エリーの自転車のハンドルにかかった。そして、ミス・コナルティーはわずかに微笑んだ。ぶっきらぼうに聞こえたかも知れない言葉を和らげようとしているかのように。トラックがゆっくりと動きはじめた。ミス・コナルティーはそれ以上何も言わず、別のふたりの女を通すために脇に寄った。

31

ディラハンはなんとか意味を汲みとろうと努めた。彼は中庭にとめたトラクターの運転台にすわったままだった。しばらくすると犬たちが主人の物思いがうつったかのようにとぼとぼと歩き去った。ディラハンはまた最初から全部思い出してみた。自分の口にした言葉も含めて、話された言葉のすべてを。自分が相手を押しとどめた言葉や、相手の混乱した頭が少しでも現実感をもてそうな分野に会話を導いていこうとした努力も。そしてまた、心の中で過去のほかの時へとさかのぼり、過去の出来事が、口にされた言葉と関係してはいないか、ひとつひとつ調べてみた。彼は事実と幻想を繋ぎ、その繋ぎ目にぼやけた真実を見出した。というのは、語られた言葉の中では何もかもがぼやけていたから、ぼやけた真実しか見つからなかったのだ。

ディラハンはトラクターの運転台からおりて、のろのろと裏庭を横切り、母屋の裏口に行った。心の動揺のせいで、足取りが乱れている。犬たちは今いる場所から動かず、首筋を伸ばして、鼻を脚先の上に載せていた。

32

エリーが農場の家に帰ってきたのは遅い午後、五時少し前だった。買ってきたもの――コーンビーフの缶詰と緑の旅行バッグを携えていた。自転車を中庭に乗り入れたとき、そこにトラクターがあるのを見て驚いた。トラクターは乱暴に斜めに停められていた。中庭に入ってくるよその車がこんなふうに停められていることがたまにある。今年アブラナを収穫した六・五ヘクタールの土地を耕すつもりだ、と夫が言ったのをエリーは思い出した。それに、手をつけられるなら取りかかりたい仕事がいくつかあるとも言っていた。十二時と十二時半の間に帰ってきて何か食べるという話だったので、冷肉を用意しておいた。まだ家に留まっているということはありえない、とエリーは思った。六・五ヘクタールの土地を耕すのが済んだとも思えない。トラクターが故障したのだろうか。犬たちが寄ってこないので、エリーは何か異変が起こったのだと悟った。

家は静まり返っていた。夫がうちにいないかのようだった。だが、犬たちが中庭にいるのだから、帰っているに決まっている。エリーは自転車を片づけなかった。包みを荷台にくくりつけている紐の結び目を解きはじめた。固く結んだところで大苦労した。最後のひとつの結び目はどうしても解けなかったが、包みを押し出してなんとか外せた。エリーは物置のひとつのドアを押しあけた。隅に防水シートが積んである。防水シートの中に、旅行バッグの包みをできるだけうまく隠した。

自転車は置きっ放しにして、缶詰の入った買い物袋をハンドルから取った。うちの中に入っていきたくなかった。床の上に、脱ぎ捨てられたドレスの上に、横向きに転がっている靴の上に日が射して、影の模様を投げかけているのが目にうかんだ。車を取りに来た男の人たちがもう帰ったかどうかを問う自分の声が聞こえた。夫はわたしを見るなり、知ってしまうだろう。どういうふうにしてか、知ってしまうだろう。きょうのことを、これまでの毎日のことを。

エリーは裏口の掛け金を外した。けれども何かがドアにつかえていて、いつものようには開かなかった。きっと夫が横たわっているのだ。そしてきっと、傍らには、畑を荒らす鳩を撃つのに使う銃がある。ドナモアの近くで自ら命を絶った農夫がいて、クルーンヒルのみんなとその人のために祈りを捧げたことがあった。奥さんに死なれてから、立ち直ることができなかったのだ、とシスター・メアリーが言った。シスターの知人だったそうだ。そして、割合最近にも、破産したケリー県東部の農夫が首を吊っている姿で発見された。だが、ドアがつかえていたのは、長靴の片方が倒れていたせいに過ぎなかった。

「どうしたの？」とエリーは訊いた。答えは聞きたくなかった。

夫はレンジの前にすわっていた。きょうは寒くないのに、通風調節弁を引いたようだ。冷肉の皿はエリーが置いたとおり、テーブルの上にあった。蠅がたからないようにドーム型のネットがかぶせてあり、フォークとナイフもエリーが並べたままになっていた。パンは布巾に包んだままで、バターにも覆いがしてあり、夫がすぐ紅茶をいれられるようにポットも用意してあった。

「どうしたの？」エリーはもう一度尋ねた。

夫はふり返らなかった。背中を丸め、両手を合わせている。

「犬たちのようすがおかしいけど、何かあったの？」

夫はようやく顔をこちらに向けた。おれのせいだ、と夫は言った。おれの気が動転していたので、うつったんだ。あいつら、わけがわからなくって困っているんだ。あとで行って落ち着かせてやらなくちゃ。

「あなたはどうして気が動転したの？」

聞こえなかったかのように、あるいは口に出せないことであるかのように、夫は答えなかった。夫は中庭に出ていき、ほどなくトラクターのエンジンを始動する音が聞こえた。勝手口のドアはあいているが、見るまでもなかった。夫は几帳面な人だ。心を悩ませているときでもそれは変わらない。トラクターを本来の場所に停め直しているのだ。犬に声をかけているのが聞こえ、夫は家の中に戻ってきた。

「街道で話しかけられたんだ」と夫は言った。「あのオープン・レンに」

エリーのみぞおちが冷たくなり、腕から力が抜けた。オープン・レンは正気ではなく、あのだらだら話は誰も理解できない。あの過激な断言や死んだ人たちについての話を真に受ける人などいない。誰もオープン・レンの言うことなどまともに聞いていない。そう思っても、ぞっとする感じは消えなかった。夫の話に、ミス・コナルティーの名や、噂を聞いた誰かほかの人の名が出てこないように、とエリーは心密かに願った。あわてて掻き集めた言葉は喉元でもつれた。声に出せない言い訳は形をなさず、漠然とした恐怖の表情にしかならなかった。

「誰かれとなく話しかけるのよ、あの人は」自分の声なのに、どこからともなく現れ出たもののように聞こえた。自分が存在しないみたい、これが現実に起こっていることではないみたいだ。これが現実ではないことを祈ろうとした。けれども、やはり言葉がまとまりをなさなかった。

「気が動転したんだ、あの年寄が話したことのせいで」

エリーは耳を塞ぎたかった。時間が過ぎていくことを、空っぽの時間が積み重なっていくことを願った。夫のために買ったものをすべてスカラリーの棚に運んだ。ほかの場所にしまうべきものもあったけれど。夫は呼び止めなかった。同じ場所にすわったままだった。エリーがキッチンに戻ると、再び話しかけてきた。最初はエリーの耳に入らなかった。それで、夫はくり返して言った。トラクターを運転していたおれを止めるために、オープン・レンが手をあげた。おれは止まった。昔はあの人をよく町の外の道路で見かけたものだ。だが、それはずっと以前のことだ。

「道に迷ったのだろうと思った」と夫は言った。

夫はそれ以上、話すことがないかのように口をつぐんだ。夫を床を見つめていた。さっきと同じように背を丸め、両手を合わせていた。いつもとはまったくようすが違う。まるで見知らぬ人のように思えた。それが自分のせいだということが、エリーにはわかっていた。この人のせいではない。

「何も食べていないんでしょう」とエリーは言った。「冷肉を出しておいたけれど」

「食べる気にならなかった」

「午前中から、ずっとここにいたの？」

「十二時十分前かそこらに帰ってきた」

「何かつくるわ。一緒に食べましょう。そのお肉はもつから」

エリーは、テーブルの自分の席に置くナイフとフォークを手にもって体の向きを変えた。目の表情を読まれるのが怖くて、夫のほうは見なかった。夫は言った。

「トレーラーの後ろにあれがいるのが、おれには見えていたという噂が広まっているのだろうか？　ただし、腕に赤ん坊を抱いているのは見えていなかったという噂が」

「何を言ってるの？」驚きのあまり反射的に出た叫びの中にあったのは安堵だけだった。その叫びには、問いも、そして言葉そのものすらも含まれていなかった。「何の話をしているの？」

「ミサでみんながおれを見ていることがよくあるんだ」

「もちろん、誰も見てなんかいないわ」

「ラスモイでみんなが噂しているのは、あれがセントジョン一族のひとりとつきあっていたということだろうか？」

「もちろん、誰もそんなこと言っていないわ。どうしてそんなことを言うと思うの？」

「セントジョン一族は誰かれかまわず、目についた女とよろしくやるのだと、あの年寄が言っていた」

「中庭で事故が起こるずっと前から、セントジョン一族はいなかったじゃない。立ち去ったのはずいぶん昔のことなんだから」

「ひとり戻ってきた。その人が奥さんと一緒にいるのを見た、とあの年寄が言った。ふたりが一緒にいるのを二、三度見たそうだ。一族に伝わる悪い病気だと言っていた」

「あんな人の言うことがあてになるもんですか。しゃべるたびに違うことを言うわよ。あの人の言うことに意味なんかないわ。正気が残ってないんだから」

「お子さんのことは気の毒だった、と言ったよ。それを言うために、道でおれを呼び止めたんだ。セントジョン一族のひとりが戻ってきていたんだよ、エリー。おれが自分のうちの中庭で不用意にトラクターを動かした、あのときに」

「戻る家なんかないじゃない。三十年も前から跡形もないのよ」

「セントジョン一族のひとりが戻ってきたなんて、おれは知らなかった。知らなかったのはおれだけだ。あの年寄は噂に聞いたことをしゃべっているだけなんだから」

「ラスモイでそんな噂、誰もしていないわ」

「ラスモイに行くのは大嫌いなんだ。あの日からこっち、いやでたまらない」

「ウィスキーを少し飲んでみたら？　スカラリーから瓶をもってきましょうか？」

「トレーラーをバックさせたとき、酒を飲んでいたと思われているんじゃないか、とよく考えたものだ。酔いが残っていたと言われているのだろうか？　日射しが目に入ってまぶしかったのにバックしたのが間違いだったと言われているのだろうか？」

「そんなこと、誰も何にも言ってないわ」

「街道で聞かされたことよりは、ましだろう」

「あの年寄のたわ言に耳を貸さないで」

「あんなことを言われるなんて思いもよらなかった」

「思わなくていいの。ほんとじゃないんだから」

「エリー、あんたも聞かされたのかい？　融資を頼みに行った日、広場であの年寄があんたに話しかけていた。あのとき、この話を聞かされたのかい？　それともほかの人から聞かされたか？最近、悩んでいたのは、このことだったのか、エリー？」

そんな話はひと言も誰からも聞いていない、とエリーは断言し、オープン・レンが話したのは昔のことばかりだとつけ加えた。

「あの年寄は、過去に囚われているんだな、エリー」

「ええ、そうよ」

「あの人がこんなところまで来るのは珍しい。町をこんなに離れたことはない、と言っていたよ。おれに会おうと、わざわざ来たんだよ、エリー」

「あの人は話し相手は誰でもいいのよ」

夫は首をふって立ち上がると、スカラリーからウィスキー瓶とカップをもって戻ってきた。

「野良仕事をしているときには大丈夫なんだ」と夫は言った。「うちの中であんたと一緒にいるときも。誰もおれを知らない町なら、町なかを歩いても大丈夫かもしれないな」

エリーは夫がウィスキーを注ぐのを見つめた。このウィスキーは一年に一度日曜の午後にシンローンから夫の身内が来るときのために買ってあるものだ。エリーも味を見たことがあるが、おいしいとは思わなかった。エリーはもう一度言った。ラスモイの人たちは、あなたが心配しているようなことはまったく言っていないわ。きょう、あなたが聞かされたことはすべて歪んだ精神から出てきたものよ。オープン・レンのばか話はあの人の頭の中でつくりだされたものに過ぎないの。夫は首をふった。

「頭のおかしいやつでないと、はっきり口に出せないってことだろう」

「そうじゃないわ」エリーはくり返した。

「あれの家はおれの家より格が上だったが、だからといって偉そうにしたことなど一度もなかった。ありのままのおれを受け入れてくれていた。浮わついた女だと思ったことはない。よその男とつきあうような女だと思ったこともない。だがもし、あれがそういうことをしていたのだとしたら、世間の人たちが、きょうおれが路上で聞かされたようなことを考えていたとしても無理はないよな？　あの男はあの年で、おまけにあの境遇なのに、町を出て何キロも歩いてやってきた。お子さんのことは気の毒だった、と言うために。物忘れが激しいせいで、言わずじまいになってはまずいから、と言っていたよ。あとの話は、はずみで口からもれたんだ。頭がとっちらかっていると、ありがちなことだ。おれはずっと何かあると思っていた。ラスモイの町を胸を張って歩くことができないと、ずっと感じていたんだ」

夫はそばの床においた瓶に手を伸ばした。さらにウィスキーをつぐのかと思ったが、そうしなかった。その代わりに、自分が中庭でトラクターの取り扱いに十分な注意を払わなかったとき、セントジョン一族のひとりが戻ってきていたのだ、とくり返した。世間の人たちがどう言おうと、どう考えようと文句を言うわけにはいかない。その人たちを責めるわけにはいかないんだ。ある結論を引き出したからといって責めるわけにはいかない。オープン・レンを責めるわけにもいかないんだ、と。

「オープン・レンがあなたに言ったことなんて、すべてでたらめよ」

エリーは腰を下ろしていなかった。ナイフとフォークをもってテーブルの脇に立ったまま話していた。見ていると、夫はキッチンを横切ってウィスキーの瓶をスカラリーの棚に戻した。酒が好きなたちではない。そのことは、エリーが農場に来る前に、シスターたちが探り出して教えてくれていた。夫は流しでカップをゆすいだ。

「何かつくるわ。一緒に食べましょう」エリーはもう一度言った。

ナイフとフォークを、置こうと思っていた場所にようやく置いた。恐怖が去った心の中に麻痺が残った。心の中では何も起こっていないように思われた。

「あの年寄はおれと握手して立ち去った」と夫が言った。

ふたりとも、ものを食べる気にはなれなかった。夫は外に出ていき、エリーはトラクターのエンジン音を聞いた。やがて、夫はトラクターを運転して野良に出ていった。静まり返ったキッチンの中で、ある考えが冷たく厳しく、エリーの心にしみとおった。それは自分をこの家に引き入れた男の経験した悲劇は、愛を拒絶されるより、はるかに苛酷なものだという考えだった。それは混乱の中から生まれた明晰な考えだった。けれどもその考えは生まれるのが遅すぎた。そして、同じように冷たく厳しく心にしみた、もうひとつの考えは、夫の苦しみを和らげようとして、自分がまだ話していない真実を話したら、かえって、これ以上はないほどの苦痛をもたらしてしまうだろう、ということだった。何も悪いことをしていない人にそんな苦痛を与えてはならない、とエリーは思った。

33

翌日、目を覚ますと同時にフロリアンは、犬のジェシーはもういないのだと意識した。それから前の一日のことがうっかり映写してしまったフィルムのように、ふいによみがえった。夜中にも目がさめて狂おしい気持ちになったが、今はそのときと比べれば落ち着いている。起こってしまったことは起こってしまったこと。これから先のことは、なるようになる。体を洗い、服を着て、コーヒーをいれ、ミルクを温めた。何も急ぐ必要はない。

八時に、まだ残っている家財道具の一切をもっていくバンが来た。フロリアンのベッドとフロリアンの寝室の戸棚、シェルハナの買い主がいったんは残してくれと言ったが、のちに気を変えたドレッサー二台と整理だんす。ラジオ兼用レコードプレーヤーはもっと早く処分できているはずだったが、手違いがあって残った。陶磁器と台所用品は別々の茶箱に詰めた。処分してもらうものが何かほかにでてくるかもしれないので、コンテナは夕方まで置いておく予定だ。

バンが行ってしまうとすっかり何もなくなり、家は荒涼として、自分の足音だけが響いた。フロリアンは応接間の壁に画鋲でとめてあったイザベラの写真を外した。寄宿学校時代以来使っていなかった小さなスーツケースの荷造りを終えた。もっていく衣類の上に、丈夫なボール紙にはさんだ水彩画を置いた。フロリアンにとってこれがもっとも価値のある財産だ。家具を運び出すバンに重いキッチンテーブルをもっていく途中で、引き出しが脱け落ちてしまい、父の懐中時計と母がもっていた唯一の宝石つきの指輪が地面に投げ出された。フロリアンはスーツケースの隅に、それらのための場所をつくった。

書き込みをもう十分に読んで用のなくなった〈手帳〉を庭の焚き火に投げこんで、もう一度焔を燃え上がらせた。ジェシーの墓を掘ったシャベルは、取り決めによって残す庭仕事の道具のところに戻した。裏庭にいたとき、庭園から物音が聞こえた気がしたので行ってみたが誰もいなかった。湖の水面に小石を投げて水切りをした。どこかでまたこのひとり遊びをすることがあるだろうか。

葦のかさこそいう音がせず、ミズハタネズミの逃げる気配もないのが淋しかった。フロリアンは裏返しのボートにもたれて煙草を吸い、自転車の車輪が砂利を嚙む音がしないかと耳を澄ました。

*

エリーが家の外へ出たのは、雌鶏たちに餌をやったときと、泥炭小屋の防水シートの下からあの包みを回収したときだけだった。包み紙を取り、緑の旅行バッグに川沿いの石垣の石を詰め、濁った水の中に沈んでいくのを眺めた。

午後は雨が降り、ディラハンは小屋の中で冬のために薪をつくった。積んである大枝を引き抜き、手斧で小枝を切り落とした。骨のように乾燥した枯れたニレの幹が二本あった。何年も前からのオークの幹もあった。

丸鋸《まるのこ》のベルトが緩んでいた。歯車の油も切れていた。ディラハンは汚れとおがくずをブラシでとった。それから、甲高い音をたてて、やすりで鋸のめたてをした。スパークプラグを外して掃除した。エンジンをかけてみると、パチパチと音をたて、やがて点火した。細い煙が立ち昇り、油のにおいが鼻をついた。

エンジンを始動させておいて、ワイヤーブラシとスパナ、モータークランプを緩めたハンマー、ねじ回し、油の缶など、使った道具を片づけた。

鋸のうなりが始まった。手助けはいらないと、いつも言われているが、エリーは家の外に出た。エリーは夫に一本ずつ、丸木を渡した。手に余るほど重いものはほとんどなかった。丸木が薪の山に変わるのに、午後いっぱいかかった。

＊

コンテナが空中で少し左右に振れ、それから止まり、ゆっくりとトラックの荷台に下りていった。それを吊り下げていた鎖がたるみ、クレーンの中に巻き戻された。「お達者で！」引き上げ際に、運転手がフロリアンに声をかけた。

手元には一冊の本も残らず、することもなかったので、フロリアンは屋根に登った。ここから見える景色もこれが見納めになる。初めて屋根の上に連れてこられ、この景色を見せてもらったことを思い出した。のちには、ひとりで来て『サンゴ礁の三少年』を読んだ。一度、イザベラと一緒に屋根の上で眠ろうとしたことがあった。だが、最初は温まっていた鉛板が冷たくなり、足音を忍ばせて家の中に戻った。ある夏、イザベラが帰ったあと、探偵小説の魅力にとりつかれたのも、ここでだった。探偵小説はフロリアンの母が一生を通じて熱中していたものだ。フロリアンは暑い盛りに毎日毎日、『屍衣の流行』や『ブラック・ダドリー屋敷の犯罪』、『絞首刑執行人の休日』、『死、ならびに踊る従僕』に読みふけった。

屋根から見る遠くの山並みに変化はない。だが、緑と活気にあふれていた夏の牧草地は、今や地面が見え、閑散としている。どの区画もきちんと片づけられ、みな同じように見える。雑木林の木々の色や庭園のコトネアスターの赤い実や、忙しげに動き回るリスたちに秋の気配が感じられた。

屋根からは街道も見える。彼女が来たらすぐわかるはずだ。だが、来なかった。やがてなじみ深い後ろめたさがわいてきた。感じる理由はもうないのに。後ろめたさが薄らぐのを待って、家の中を下におりていきながら、ひとつひとつの部屋にはいり、出るときにいちいちドアを閉めた。階段の下に、夕闇に包まれて遠慮がちに立っている人影があった。「勝手に入らせていただきました」と男は言い、電気メーターの検針にきたのだと説明した。

メーターの目盛を確認し、電気を止める作業が行なわれている間、フロリアンはまた外で物音がしたような気がして、耳を澄ました。だが、何も聞こえなかった。シャンペンの瓶がまだ玄関ホールの床にあった。それは無視され、忘れられて玄関のドアのそばに置かれたままになっていた。「これ、持って帰りませんか?」フロリアンは検針係にそれを差し出した。そんな気前の良い贈り物をもらったのだから愛想よくしなくては、と思ったのか、検針係は普通より長居して、家の持ち主が変わることにまつわるさまざまな実例を語った。出て行くときに電球を外してもっていく人もいると彼は言った。

＊

「あんたのおかげでずいぶん助かった」ふたりのどちらも黙りこんでいたときに、ディラハンがふいに言った。あんたのおかげで怖さが和らいだ。というのは、誰しも、わけもわからず怖くなることがあるものだからさ。ほら、動物にもそういうことがあるのを目にするだろう、と。

来月、サマータイムが終わったら、車でテンプルロスに行こう、とディラハンは言った。エリーは、司祭に告白してから行ったとしても、罪を犯したことがシスターたちにはわかるのではないかと思った。クルーンヒルでは、告白をすれば心が安らかになると教えられた。それはそうだろうと思う。それでもエリーは、シスターたちが見るのは昔の自分なのか、それとも変化した自分なのか、どちらだろうと考えずにはいられなかった。

＊

シェルハナ屋敷を包む夕闇がどんどん濃くなっていく。フロリアンは庭園に光っている残り火に水をかけ、手探りで空っぽのキッチンに入った。ミセス・カーリーに話しておいた缶はすでに吊戸棚の中にある。フロリアンは一階の部屋のシャッターを閉めてまわった。玄関ドアに外から施錠して、郵便受けから鍵を入れ、それが床の敷石の上に落ちる音を聞いた。自転車のライトを頼りに、スーツケースを荷台にくくりつけた。

＊

その夜、エリーは眠れなかった。その前の晩も眠れず、灯りをつけずに起き出して、窓際の椅子に置いた服をどけ、そこにすわって窓の外の闇を見ていた。今夜も同じことをした。夫婦の両方の好みで窓が少しあけてあり、夜気の冷たさが感じられた。

ゆうべすわっていたよりも早い時刻だった。下に見える中庭から、もやのような月光が去ろうとしていた。自分の引き起こした事故で妻子を死なせてしまった男が、疑いをかけられることを心配するのは、当然考えられることだ。悩みの深い心が混乱に陥るのも当たり前のことだ。過ぎ去った一日の間に、エリーは何度も自分にそう言い聞かせた。そして、ミス・コナルティーに訊かれたら、しばらくの間親しくしていた男の人はアイルランドを去ったと言おうと心に決めた。彼と親しくしていたことを否定するまい。彼が何という名で、どこに住んでいたかも言おう。

窓際にすわっているうちに寒くなってきたが、それでもそこにいつづけた。疲れているときによくあるように、夫は大きな鼾をかき、しきりに体を動かしていた。あんたがうちに来てくれてから、何もかもが耐えやすくなった。夫は今夜寝る前にそう言ってくれた。わかってくれる人は多くはない、と夫は言った。

遠くのどこかに灯りが見えた。それが動くのを見て、何の灯りかわかった。犬が吠えだすといけないから、手早く服を着て速やかに階段をおりた。裏口のドアのフックにかけてあるコートを取って中庭に出ると、二頭の犬が眠そうに寄ってきて挨拶した。

道路では何の音もしていなかった。「戻っておいで」エリーはささやいた。探索したそうにしていた犬が、その言葉に従った。もう一頭はそばを離れなかった。

さっきの灯りがまた見えた。道路が谷になっているところから出たのだ。まだ遠く離れている。ときおり、コリガン家の男の子たちが夜間、自転車で通り過ぎることがあるが、頻繁ではない。それに、あの子たちはライトをつけることなんて考えもしない。

34

ふたりは家から離れて歩きだした。彼は自分の自転車を押していた。犬たちがふたりについてきた。

「うちの人が死んでいる。そう思ったの」

エリーは彼に語った。ウサギや鳩のための銃があること。どこもかしこも静まり返っていて、トラクターが乱暴にとめられ、犬たちが塞ぎこんでいたこと。ドナモアの近くで、そしてまたケリー県東部でも、農夫の自殺があったこと。

「きょうは一日、なるべく何も考えないようにしていたの」

*

会ってから、ふたりは抱き合っていなかった。今も抱き合わなかった。彼はエリーの傍に立つ影に過ぎなかった。

「どうして来たの？」エリーは訊いた。

暗闇の中で自分を見ようとしている彼の視線を感じた。再び、どうして来たのかと尋ねると、きみを待っていたことを知ってもらいたかったから、と彼は答えた。

「きみが愛してくれたことを、ぼくは一生忘れない」と彼は言った。「ぼくを嫌いにならないでくれ、エリー。どうか嫌わないでくれ」

＊

フロリアンは彼女の手を取ろうとした。だが、それはそこになかった。

きみを破滅させてしまうところだった、と彼は言った。そのつもりはなくとも、そうなってしまっただろう。そのことが彼にはわかっていた。どうしてわかるのか説明はできないが、わかっていた。

「人はひとりになるために逃げだす」と彼は言った。ひとりになる必要のある人もいる。

「別れの言葉にはふさわしくなかったね」と彼はつけ加えた。

フロリアンは沈黙が広がるのにまかせた。エリーもそうした。キツネが急いで巣穴に帰ったのか、下生えがこすれあってかさこそ音をたてたが、ふたりはまったく注意を払わなかった。

「あの年寄がきみを救ったね」と彼は言った。

＊

「寒いわ」

エリーはそっぽを向いた。フロリアンは相変わらず自転車を引きながら、ついて歩いた。今すぐにでも母屋に灯りがともるかもしれない、とエリーは思った。裏口のドアが大きく開いて、わたしの名が呼ばれるかもしれない。それは、わかってあげること以上に重大なことだ。何よりも重大なこと。いや、それだけが重大なのだと言ってもいい。

そうなのだとわかっていたが、それでもなお、行けるものなら彼と一緒に行きたかった。エリーはささやき声で犬をそばに呼んだ。

「嫌いになんかなれるはずがないわ」とエリーは言った。

エリーはもう口を開かなかった。フロリアンも同じだった。

＊

フロリアンはゆっくりと自転車を走らせた。顔に当たる風がじっとりと冷たかった。クリリーを指し示す標識が、自転車のライトの光の中に浮かぶのを見ながら、それを通り過ぎた。まっすぐな下り坂になり、ペダルを漕がずに惰性で下った。やがてまた、曲がりくねった道が始まった。すまないと感じることは何の役にも立たない。それでも、申し訳なさこそが、何よりも強く感じていることだった。自分の心のどこかに、ひりひりする場所がある。彼女の灰色がかった青い目は、暗闇の中のふたつのしみのようにしか見えなかった。

＊

エリーは自転車の車輪が動く音に耳を傾けていた。その音は次第に小さくなり、聞こえなくなった。ちらつく光も微かになり、やがて消えた。犬たちはのんびりした足取りで自分たちの小屋に戻った。エリーはコンクリートに響かないように足音を忍ばせて、中庭を横切った。施錠していないドアの掛け金を外して中にはいると、ドアを閉めて静かに鍵をかけた。

キッチンでは、聖画の脇にともる電気の献灯が助けになった。靴を脱ぎ、幅の狭い階段を昇った。一段一段、踏み板がきしんだ。寝室のドアは開いていた。さっき開け放していったままだ。エリーは服を畳んで、窓際の椅子に置いた。

35

オープン・レンは眠りについた。ハーリー横丁ではバーナデット・オキーフが、恋愛ドラマをやっているテレビを消し、ナイトキャップの最後の一杯をゆっくり飲み干して、一日を終えた。この夜のひとときが彼女にとっての至福の時間だ。十分なものを手にしていて、それ以上のものを求めるつもりはない。きょうも小切手がテーブルの上を往き来し、タイプされた手紙に署名が書き加えられた。彼からあれこれの問題を任され、考えを聞かれた。彼は無条件に賛同してうなずいた。行きどころのない感情も、夜には邪魔にならない。明るい小さな画面とナイトキャップのおかげで、この部屋はパーティー会場になる。家具が揺れ、床がぐらぐらする。バーナデットの不安を吸い取ってくれる曖昧な話し声。陽気な夜には、愛する母に死なれても、彼が生まれたときからの鉄の絆が緩むことはなかったという事実も耐えられないものではなさそうな感じがする。朦朧たる安らぎの中で、バーナデットは、そうよ、耐えられないことはないわ、と思った。

それに明日もまた――恐ろしい土曜日や日曜日ではないから――心をこめてタイプして、パブの奥の静かな部屋にもっていく書類がある。いつものように彼に褒めてもらって、おしゃべりをするのだ。

＊

ラスモイの街灯はまだ消えていなかったが、通りはがらんとしていた。パブに居残っていた最後の客が去り、恋人たちの最後のひと組が逢引きを終えて別れた。水車通りでは、夜勤を終えたふたりの洗濯女が家路を急いでいた。石炭貯蔵所を猫たちが歩き回り、広場では、一頭の雑種犬が静かにゴミ箱をあさっていた。

＊

明日の朝に備えて、表の大きな居間のカーテンを開きながら、ミス・コナルティーは外に目をやった。尾の短い黄色っぽい犬がまた来ているはずだ。毎晩来る犬だし、部屋は満室で――ということは、明日の朝も早いのだけれど、それでも、ミス・コナルティーは手をとめてその犬を見る。一条の月光がトーマス・ジョン・キンセラの骨ばった顔や、くつろげたシャツの襟元、巻き上げた袖を照らしている。毎晩見るこの銅像も、常に変わらない。

ミス・コナルティーが上の階にあがるために窓辺を離れようとしたちょうどそのとき、犬のものではない動きが目にとまった。その動きに、犬も驚いてすぐに逃げ去り、物陰に身を潜めた。自転車に乗った男が広場に入ってきたのだ。

男は例の帽子をかぶっていて、自転車の荷台にはスーツケースがくくりつけられていた。立ち止まったり、自転車をおりたりせず、男はそのまま通り過ぎた。ミス・コナルティーは、男が広場を出てダブリンに通じる街道にはいるのを見送り、ゴミ箱のところに帰ってきた犬に目を戻した。ほどなく街灯が消えた。

エリー・ディラハンにとってすべてが終わったのね、とミス・コナルティーはひとりごちた。何もかも終わったのだ。宿泊客たちの眠りを妨げないように、彼女は足音を忍ばせて、バスルームと自分の部屋への階段をのぼった。薬局のドアの営業中の札がひっくり返され、ガラス窓に目隠しがおろされたのを思い出した。アデルフィーシネマのラウンジで父が紅茶をついだのも思い出した。「何もかも終わった」と父は言った。「一件落着だよ」

ミス・コナルティーは湯を細く出して顔を洗った。寝室にはいり、服を脱いだ。エリー・ディラハンはまた金曜日に卵をもってくるようになり、その際にわたしに打ち明け話をするだろう。そのときは、もしも子どもができていたら、人に取られてはいけないよ、と言ってやろう。ディラハンがそう信じている以上、その子はディラハンの子として生まれ、彼を再び一家の父にする。あの家の中の暮らしは違ってくるはずだ。そしてわたし自身とエリーとの友情からも緊張感がとれるだろう。エリーをいいように利用した侵入者がようやくラスモイの地をあとにしたのだから。

わたしたちの友情は深まるだろう。わたしたちのふたりともが、それが可能だと知っている。わたしたちのどちらも、言ってはならないことを口にしないだけの分別をもっている。先々にも決して口にすることはない。

ミス・コナルティーはベッド脇の灯りを消し、二、三秒後、まだ眠りに落ちたわけではなかったが、目を閉じた。赤ん坊が表の大きな居間のカーペットの上をはいはいして、近づいてくる。部屋には積み木が用意されていて、隅の戸棚にはお人形や兵隊のおもちゃが並んでいる。布の絵本も、算数を学ぶためのそろばんもある。エリー・ディラハンの人生を、この館の大きな居間が密かに支えるのだ。のちには、カードゲームやすごろくゲーム、盤上玉突きも用意されるだろう。それらはわたし自身が子どもの頃楽しんだゲームだ。不可能なことは何ひとつない。

36

暗くなっていく町々の通りで、気がつけば自分しかいない街道で、まばゆいひとときが突然、闇を貫く。譲り受けた現実が虚空に広がる。

道具が散らばっている中に横たわるシスターの目はかっと見開いているけれど、何も見ていない。少女たちはこわごわ、その瞼を閉じ、シスターの修道衣と靴についたおがくずをブラシで払う。何を見つけたかを告げに行き、それから白いペンキで塗られた窓を洗い、小枝を集める。禁じられている歌を頭の中で歌い、このわたしを欲しがらない人なんているかしらと考える。雨の中でフロントガラスのワイパーが動き、家の中から出てきた男が木箱を運びこむ。中庭にその場所がある。過去に悩まされる六月の日々がある。彼女は自分の同情心を美徳として誇らず、不注意な恋人を責めない。彼女は野菜を育て、卵を集める。

夜明けに馬が駆ける。開けた風景は中身がぎっしり詰まっている。オールド・キルメイナム、アイランドブリッジ。カモメが堤防にとまる。空気がホップのにおいをはらむ。海は静かで、エンジンの音だけがする。秋の朝の冷気がいつまでも留まっている。何を覚えているだろうか、と彼は思う。もろい記憶力は何を保持するだろうか、と。また、鍵が玄関ホールの敷石に落ちる。また、道路で彼女の足音がする。

アイルランドの名残が彼から奪われていく。アイルランドの岩、アイルランドのハリエニシダ、アイルランドの小さな港々、遠くの灯台。彼は見つめる。土地がなくなるまで、日の光が海面で踊っているだけになるまで。

訳者あとがき

本書はウィリアム・トレヴァーが二〇〇九年に発表した、現時点における最新の長篇 *Love and Summer* の翻訳である。

物語は「前世紀の半ばから幾ばくの年月が過ぎた頃」の六月の夕暮れに始まる。舞台はアイルランドの小さな町ラスモイとその周辺。ラスモイ自体は架空の地名のようだが、アイルランドのティペラリー州、おそらくはその北部に位置しているようだ。地図上では、ダブリンから西南西方向に百キロあまり行ったあたりだろうか。

ヒロインである年若いエリーは、ラスモイの近くの丘陵の農場主、ディラハンの妻だ。エリーはもともと捨て子で、女子修道院が運営する施設で育った。収容された女の子たちは働ける年齢になると、修道女たちが見つけた住みこみの勤め先に、送り出されるのが決まりだった。エリーも使用人としてディラハンの農場に送りこまれ、数年後、彼に求婚されて妻になったのだった。

ディラハンは穏やかな性格の勤勉な男だが、自分が引き起こした事故で最初の妻を幼い子どもとともに死なせたという暗い過去をもち、今も自責の念に苦しめられている。

エリーは自分自身、夫との静かな生活に満足していると思っていたが、六月のある日、ラスモイの町で出会ったよそ者の青年、フロリアンと恋に落ちる。修道女たちから厳格な教育を受け、禁欲的な生活が身についているエリーにとって、生まれて初めての恋だった。

小さな町のことなので、エリーとフロリアンの出会いはエリーを知るふたりの人の目にとまった。ひとりはラスモイ一番の富裕な家に生まれ、商用旅行者向けのホテルを切り回している中年女性ミス・コナルティー、もうひとりは、過去の悲しみのためか、正気を失っている老人オープン・レンだ。ミス・コナルティーは若いふたりを見て、自らの実らなかった恋と産めなかった命を思い出す。オープン・レンはかつてリスクィンという地に大きな田園屋敷を構えていた一族に司書として仕えていた。その一族が姿を消し、土地が売却され、建物がなくなって何十年も経つが、彼の頭の中では、その屋敷は今もある。彼はフロリアンを見て、主家の一員が帰ってきたのだと思いこむ。そして、フロリアンとエリーの姿は、かつて主家に起こった災いを彼の脳裏によみがえらせた。

ひと言でいえば、道ならぬ恋の物語であり、結婚して何年か経ってから初めての恋を経験する若い女の初々しい心の動きが、高齢の、しかも男性の作家であるトレヴァーによって、見事に描かれていて、この作家の洞察の鋭さ、想像力の豊かさに驚かされる。それだけでも十分に魅力的な小説だが、ふたりの恋がラスモイというコミュニティーに属する別のふたりの人において、記憶をよみがえらせ、強い思いを生み出すという点に目を向けると、共同体の物語であるともいえる。その共同体はまさしく、この時代のアイルランドの田舎町の共同体であり、そのありようには、アイルランドの困難な歴史が刻みこまれている。

トレヴァーの筆力のおかげで、アイルランドの歴史や社会についての知識がなくとも、この小説を十分に楽しむことはできるが、そういう知識があれば、一層楽しめるし、登場人物たちがそれぞれどういう階層、立場にいる人たちなのかわかると、改めて納得できる点もあるだろう。

アイルランドの歴史はイングランドによる支配とイングランドとの抗争、その宗教的背景を抜きにしては語れない。イングランドによる支配は十二世紀にさかのぼるとされるが、十六世紀にイングランド王ヘンリー八世がカトリックを離れて英国国教会（イングランド聖公会）を設立して以来、アイルランドの住民のほとんどをしめるカトリック信徒に対する強圧的な支配が始まる。十八世紀から十九世紀にかけてのアイルランドでは、イングランドからアイルランドに移り住んだプロテスタントの子孫でイングランドと深いつながりをもつ人々（アングロ・アイリッシュ）が、支配階級として特権を享受していた。しかし十九世紀末にはアイルランドの独立を求める機運が高まり、二十世紀前半には、独立戦争（一九一九年～二一年）とそれに続く内戦（一九二二年～二三年）の激動の時代があった。アイルランドは一九二二年十二月、北部六州を除き、自治権を得て、アイルランド自由国となった。さらに三七年十二月には、エールの名のもとに、独立した共和国となり、四九年にはイギリス連邦を脱退し、完全独立を果たしてアイルランド共和国となった。十九世紀後半からの政治的、経済的、社会的な大変化の過程で、アングロ・アイリッシュの地主階級は没落し、国外に出た人も多かった。

この小説の登場人物たちに話をもどそう。ディラハンはカトリックの農民。修道院の施設で育ったエリーももちろんカトリック。エリーはしばしば教会を訪れて、司祭に告白をする。ミス・コナルティーの母である亡きミセス・コナルティーは敬虔なカトリック信徒で教会の仕事を率先して行ない、献金もたくさんする人だった。そのような人であれば、娘の不倫の恋を知って憤り、娘の名前を呼ぶことすらなくなったのも無理のないことだったかもしれない。フロリアンの母はイタリア人の貴族、父はアイルランドに起源をもち、イングランドで長く続いている軍人の家系の出である。ふたりとも画家で、アイルランド社会からは浮いたボヘミアンだった。彼らはアイルランド聖公会の墓地に眠っている。信心深いとは思えないが、フロリアン自身も聖公会に属するプロテスタントだ。オープン・レンもプロテスタントである。彼が仕えていた一族は、アングロ・アイリッシュの地主だったのだろう。一族が姿を消したことを、彼はもっぱら主家の息子たちの女性関係のトラブルと関連づけているが、右記の歴史的な流れの中の出来事だったに違いない。アングロ・アイリッシュ富裕層の没落に伴い、オープン・レンのようにその周りにいた人々、もともと富裕ではなかったプロテスタントにも、職や住まいを失い、困窮した人は多かっただろう。

このようにアイルランド色の非常に強い作品ではあるが、無駄な言葉がひとつもない、まっすぐに本質に迫る的確な文章によって、この物語に語られているコミュニティーの本質、この物語の中で生きて動いている人々の本質は、読む人にすっと伝わっていく。トレヴァーは長くイングランドに住みながら、アイルランド人としてのアイデンティティーをもちつづけ、世界じゅうに発信するグローバルな作家だ。

ほかの作品でもそうだろうが、この小説の中で、トレヴァーが何をどのように書いているか、あるいは書いていないかを細かく見ていくと非常におもしろい。トレヴァーがこの作品の中でとりわけ力を注いでいると感じられるのは、場所にかかわる表現だ。トレヴァーは登場人物にとって重要な場所を、読者が五感でありありと感じとれるまでに描き出し、人と場所とのかかわり方を提示する。

簡素だが居心地のよさそうなディラハンの家。母屋の裏手にあり、物置や犬たちの小屋に囲まれた中庭では、かつて悲劇的な事故があったが、今も日常的な作業が行なわれている。

ミス・コナルティーが切り回す広場四番の館。彼女には広場を見下ろす窓から外を見る癖がある。それはかつて、恋人の車が広場にはいってきはしないかといつも見ていた窓だ。

このふたつの家は記憶を担う場所であるとともに、今も日常の営みが続いている場所だ。

フロリアンの生まれ育ったシェルハナ屋敷。両親を失った今、彼は負債の清算のために屋敷を売ろうとしている。家財を処分する作業は過去をふり返り、自分を見つめる作業でもある。

今はない場所が心の中で大切な位置を占めることももちろんある。エリーが育った施設は三年前に閉鎖され、今はもうない。エリーは思う。「でも今はもうないからと言って、ある場所とのつながりが断たれるわけではない。その場所の一部だったときの自分自身のあり方、自分の子ども時代、その当時の自分の素朴さとのつながりはなくならない」と。

リスクィンの屋敷は、オープン・レンの頭の中だけに存在する。「レディー・イライザの肖像画の下の小さなテーブル」の引き出しに二千五十九冊の蔵書について記録した図書目録がある、というのは、彼にとっては厳然たる真実だ。それが紛失した場合に備えて、「二階の応接間の小さいほう」の書き物机の中にその写しがしまってある、と彼がつけ加えるとき、読者の脳裏には、勤勉な司書であった昔の彼の姿が浮かぶ。

リスクィンの屋敷の跡地はフロリアンとエリーの逢引きの場所でもある。彼らは並木道を歩いて何もない場所に至る。その何もない場所こそは、屋敷の建物があったところだ。その空虚な場所は、オープン・レンの妄想のいたましさとともに、フロリアンとエリーの恋がどこにも行きつかないことを示している。

リアリズムの手法で緻密に描写された場所はいずれも、それぞれ、誰かの心の中の場所でもある。トレヴァーは、ありきたりな場所が心の中の場所に変わる瞬間をも（エリーの回想を通してではあるが）捉えている。それは、エリーがフロリアンと食料品店で再会する場面だ。「〈キャッシュ・アンド・キャリー〉の店内に立っている彼。背景には、バードのゼリー粉末の袋、マスタードの缶、サクサの食塩。何か意味をもつものであるかのように、それらの品々が心から離れない。そんな品々が担えるはずがない重大な意味を担っているかのように。自分にとって、それらの品々が元のようなありきたりな存在に戻ることはないだろう。」

場所に対する感じ方が、その人の人となりや他者への思いを表すこともある。

フロリアンに訊かれて、かつて自宅の中庭で不幸な事故があったことを話したあと、エリーは言う。「恐ろしい場所というわけじゃないの。あることがそこで起こった、というだけ」

このエリーの言葉には、この小説の中のほかのどの言葉にもまして彼女の人となり——強さと優しさ——そして、ディラハンへの信頼が表れているように思う。

トレヴァーは、非常にアイルランド的な光景や場所を、圧倒的な説得力で描写し、それが登場人物の心の場所になることを、わたしたち異国の読者も含めた広範な読者に納得させた。光景や場所、それ自体がとてもアイルランド的であっても、登場人物のそれとのかかわり方が、わたしたちが自分の日常の場所や光景とかかわる仕方とまったく同じなので、たとえアイルランドを訪れたことがなく、アイルランドについて何も知らなくとも、読者は何かなつかしいような、切ないような気持ちになる。同じことをトレヴァーは、季節についてもしたのではないかと思う。

ディラハンは六月が来るたびに不幸な事故を思いだし、秋の気配が漂うまで苦しさから逃れられない。フロリアンは夏が来るたびに、毎年七月にシェルハナを訪れたイタリア人のいとこ、イザベラを思い出す。

アイルランドの夏は、蒸し暑い日本の夏とはまったく違う。はるかに温度が低く、快適な季節だ。フロリアンはシェルハナ屋敷の屋根にエリーとともに登り、温かくなった鉛板の上に立つ。「昔から屋根にあがるのが好きだった。ここでよく本を読んでいた。何時間もね。もちろん、夏の間のことだけど」と彼は語る。トレヴァーはアイルランドの夏のにおいや色、光や温度を的確に描き出して、わたしたちにアイルランドの夏を体感させてくれた上で、登場人物たちの思いをその季節と結びつける。

エリーもフロリアンもこのあと、どこにいても、夏が来るたびにこの恋を思い出すだろう。夏の推移と恋の推移がからまりあい、心の中の存在となっていつまでも残る。『恋と夏（Love and Summer）』という少し変わったタイトルはそこから来ているのかもしれない。たとえば、これが『ひと夏の恋』や『ある夏の恋』であれば、それはある特定の夏に一度限り起こった特定の恋に過ぎない。いつまでも心に残り、人生を通してつきまとうものだからこそ、『恋と夏』なのだろう。

トレヴァーはこの小説によって、記憶を携えて歳月を重ねる、すなわち生きていく、ということはどういうことなのかを示してくれている。だからこそ、この小説が——エリーやディラハン、フロリアン、ミス・コナルティー、オープン・レンが、ラスモイの町やクリリーの丘が——誰にとっても、とてもなつかしく感じられるのだろう。

最後に、作中でフロリアンが読んでいる本について、少々説明を加えたい。トレヴァーの原文

で *The Beautiful and the Damned*（美しい人たちと呪われた人たち）というタイトルで言及されている小説は、引用されている文章から見ても、F・スコット・フィッツジェラルドが一九二二年に発表した長篇 *The Beautiful and Damned*（美しく且つ呪われた人たち）に間違いない。タイトルが微妙に変えられている理由はわからない。フィッツジェラルドのこの作品は、今のところ、書籍の形では翻訳出版されていないようだが、題名については『美しく呪われし者』という訳題がしばしば用いられてきた。本書ではこの訳題に少し手を加え、*The Beautiful and the Damned* を『美しき者と呪われし者』と訳した。

フィッツジェラルドの *The Beautiful and Damned* は、乱暴に要約すると、大富豪の祖父の遺産がはいるのをあてにして働かず、金を湯水のように使って無為の日々を送る主人公、アンソニー・パッチが酒におぼれてどんどん堕落していき、パーティー好きの美貌の妻グロリアとの関係もひどいものになるという悲惨な話である。本引用は、小説のかなり最初のほう、ふたりが結婚する前の部分からだ。フロリアンはこの小説を読み終えたのだろうか。フロリアンの生活ぶりはつましいが、働かず、親の遺した財産に頼っているという点では、アンソニー・パッチに似ていないこともないので、フロリアンがこの小説の結末をどう思ったのか、興味をそそられる。

今回の翻訳にあたって、多くの方にお世話になりました。トレヴァーの文章から自分が受けた「感じ」を確認するために、できる限り多くの情報を求めました。ご助力くださったすべての方々のご厚意に深く感謝します。なかでも、栩木伸明さんにはアイルランドの歴史や風物について多くのご教示を賜りました。ダブリンのご出身でトレヴァーが大好きだとおっしゃるデレック・オブリンさんには、アイルランドの風物に加えて、アイルランドの英語の特徴についても教えていただき、原文の理解を助けていただきました。ロバート・リードさんはいつものように、語学上解釈上の問題についての多くの質問に答えてくださいました。また、国書刊行会の樽本周馬さんは、この興味深い仕事の機会をつくってくださったのみならず、訳文の最初の読者として多くの貴重なご意見を寄せてくださいました。皆様、ほんとうにありがとうございました。

最後に、この本を手にとってくださっているあなたに心からの感謝を捧げます。

二〇一五年四月

谷垣暁美

著者　ウィリアム・トレヴァー　William Trevor
1928年、アイルランドのコーク州生まれ。トリニティ・カレッジ・ダブリンを卒業後、教師、彫刻家、コピーライターなどを経て、60年代より本格的な作家活動に入る。65年、第2作『同窓』がホーソンデン賞を受賞、以後すぐれた長篇・短篇を次々に発表し、数多くの賞を受賞している（ホイットブレッド賞は3回)。短篇の評価はきわめて高く、初期からの短篇集7冊を合せた短篇全集（92年）はベストセラー。現役の最高の短篇作家と称され、ノーベル文学賞候補にも名前が挙がる。長篇作に『フールズ・オブ・フォーチュン』（論創社）『フェリシアの旅』（角川文庫)、短篇集に『聖母の贈り物』『アイルランド・ストーリーズ』（共に国書刊行会）『密会』（新潮社）『アフター・レイン』（彩流社）などがある。英国デヴォン州在住。

訳者　谷垣暁美（たにがき　あけみ）
翻訳者。訳書にアーシュラ・K・ル＝グウィン『なつかしく謎めいて』『ラウィーニア』『いまファンタジーにできること』、〈西のはての年代記〉シリーズ（いずれも河出書房新社)、デイヴィッド・ヒーリー『抗うつ薬の功罪』（みすず書房)、V・M・ジャンバンコ『闇からの贈り物（上・下)』（集英社文庫）など、共訳書にジェフリー・フォード〈白い果実〉三部作（国書刊行会）などがある。

装幀　中島かほる
装画　ヴィルヘルム・ハンマースホイ
“Interior from Strandgate with Sunlight on the Floor” (1901)

**William
Trevor
Collection**

〈ウィリアム・トレヴァー・コレクション〉

恋《こい》と夏《なつ》

2015年5月24日初版第1刷発行

著者　ウィリアム・トレヴァー
訳者　谷垣暁美
発行者　佐藤今朝夫
発行所　株式会社国書刊行会
〒174-0056　東京都板橋区志村1-13-15
電話03-5970-7421　ファックス03-5970-7427
http://www.kokusho.co.jp
印刷製本所　三松堂株式会社

ISBN978-4-336-05915-4
落丁・乱丁本はお取り替えいたします。

ウィリアム・トレヴァー・コレクション

全5巻

ジョイス、オコナー、ツルゲーネフ、チェーホフに連なる世界最高の短篇作家として愛読されているアイルランドを代表する作家、ウィリアム・トレヴァー。天性のストーリーテラーの初期・最新長篇、短篇コレクション、中篇作をそろえた、豊饒にして圧倒的な物語世界が堪能できる本邦初の選集がついに刊行開始！

恋と夏 Love and Summer 谷垣暁美訳

孤児の娘エリーは、事故で妻子を失った男の農場で働き始め、恋愛をひとつも知らないまま彼の妻となる。そして、ある夏、1人の青年と出会い、恋に落ちる――究極的にシンプルなラブ・ストーリーが名匠の手にかかれば魔法のように極上の物語へと変貌する。トレヴァー81歳の作、現時点での最新長篇。

異国の出来事 Selected Short Stories Vol.3 栩木伸明訳

1人の青年を愛した2人の少女が30年後シエナの大聖堂で再会する「娘ふたり」、ベニスへ行くはずがスイスに着いてしまった貧乏な夫婦の旅行はすべて同居している老人がしくんだ罠かもしれない「三つどもえ」など、アイルランド以外の国々での驚くべき人生模様が描かれる日本版オリジナル編集ベスト・コレクション全12篇。

ディンマスの子供たち The Children of Dynmouth 宮脇孝雄訳

ダブリンの港町ディンマスに住む15歳の孤独な少年ティモシーは無邪気な笑顔をふりまく町の「人気者」だ。しかし、やがて町の大人たちは知ることになる、この無垢な少年が大人の事情を暴きだし町を大混乱に陥れることを――トレヴァー流のブラック・コメディが炸裂する1976年の傑作長篇（ホイットブレッド賞受賞）。

ふたつの人生 Two Lives 栩木伸明訳

施設に収容された女性メアリーの耳には、今も青年の朗読する声が聞こえている……夫がいながら生涯いとこの青年を愛し続けた女の物語「ツルゲーネフを読む声」、ミラノで爆弾テロに遭った女性作家が同じ被害者たち3人を自宅に招き共同生活することになる「ウンブリアのわたしの家」、熟練の語り口が絶品の中篇作2篇を収録。

オニールズ・ホテルにて Mrs Eckdorf in O'Neill's Hotel 森慎一郎訳

かつては賑わいを見せたオニールズ・ホテルはなぜ薄汚いいかがわしい館になってしまったのか？　女性写真家アイヴィ・エックドルフはその謎の背後に潜むドラマを解き明かすべくホテルを訪れた。そして、ホテルを取り巻く奇妙な人々をアイヴィはカメラに収めていく……トレヴァー初期の代表長篇（ブッカー賞候補）。